틈을
지나는
바람

미니픽션 무크지 Vol. 8

쉰 가지 이야기로의 초대

틈을 지나는 바람

한국미니픽션작가회

좋은땅

박병규

여는 글

시골에 가서 오랜만에 빗자루를 들고 마당을 쓸었다. 주변 사람들은 송풍기를 들고 쓱쓱 지나가면서 날려 버리면 될 일이라고 말렸지만, 손사래를 치고 한쪽에 세워 둔 싸리비를 들었다. 송풍기의 굉음이 싫어서가 아니다. 마당에 있는 흙이든 시멘트든 돌이든 빗자루가 지나간 자리에 반드시 남기 마련인 빗살무늬를 보고 싶었기 때문이다. 조금의 수고로움으로 성취하고 감상할 수 있는 일상의 예술, 그것이 적당히 털 빠진 싸리비가 마당에 남긴 흔적이기 때문이다.

미니픽션도 이와 유사할 터다. 모두가 알고 또 누구나 느끼기에 굳이 얘기하지 않아도 되는 일상을 펜촉으로 뒤적거리고 일궈 놓은 흔적이다. 이 흔적은 선명하지도 않고, 뚜렷하

  틈을 지나는 바람

지도 않다…. 아니다, 고쳐 생각할 일이다. 선명해서는 안 되고, 뚜렷해서도 안 된다. 선명한 흔적은 상처일 뿐이요, 뚜렷한 흔적은 흉터일 뿐이다. 우리 미니픽션은, 우리가 애정하는 미니픽션은, 우리가 공들여 쓰고 귀하게 읽는 미니픽션은 그렇게 모질지 않다. 그렇게 억척스럽지 않다. 그저 밍밍한 일상을 살짝 할퀴고 지나간 생채기, 아주 미니미니한 생채기가 되고자 한다.

싸리비가 남긴 빗살무늬는 무심히 오가는 발길이나 무연히 불어오는 바람이나 잠깐 후드득 떨어져 흙냄새만 일으키는 빗방울에도 쉽게 지워진다. 미니픽션이 남긴 생채기 또한 다르지 않다. 실낱처럼 내려앉은 딱지가 하나둘 떨어져 점선이 되었다가 이마저도 지워지면 할퀸 자리도 찾을 수 없게 된다. 그렇다고 경험조차 사라지는 것은 아니다. 미니픽션에 등장한 단어, 구, 절, 문장은 망각의 저수지에서 숙성되었다가 뜻하지 않은 시공간에서, 의도하지 않은 환경에서 성찰적 심상이라는 이름표를 달고 되살아나서 우리의 일상을 약간 더 다채롭게 채색하고, 약간 더 깊이 물들이고, 약간 더 생기 있게 북돋는다.

미니픽션은 욕심부리지 않는다. 한동네 담 너머 사는 장편을 부러워하지 않으며, 이웃하고 사는 단편을 시샘하지 않는다. 결말을 향해 휘모리장단으로 짓쳐들어가는 장편은 연례행사요, 산뜻한 이야기에 농밀한 의미로 치장하려는 단편은 월례 행사로 여긴다. 미니픽션은, 말하자면, 일례 행사다. 일례 행사는 요란하지 않다. 그저 날마다 길에 나와 바삐 지나가는 사람이 있으면 뒤통수에 대고 혹시 놓고 가는 것은 없느냐고 묻는 정도다. 애당초 대답을 들으려는 생각은 없다. 호주머니나 가방을 툭툭 건드려 보고 잊은 것이 있다면 감탄사와 함께 되돌아서겠지! 이처럼 미니픽션의 한 갈래는 소소한 생채기, 소소한 성찰, 소소한 일례 행사를 지향한다.

▎박병규

서울대학교 서문학과 교수 역임. 고려대학교 서문학과를 졸업. 멕시코 국립대학교(UNAM) 문학 박사학위. 보르헤스의 『세계문학 강의』와 『영원성의 역사』 공역, 훌리오 코르타사르의 『드러누운 밤』 등 번역.

쿠데타

비르히니아 비달

웃음도 갑자기(쿠데타로) 사라지고

수많은 사람도 갑자기(쿠데타로) 죽고

기쁨도 갑자기(쿠데타로) 사라지고

일자리도 갑자기(쿠데타로) 날아가 버리고

희망도 갑자기(쿠데타로) 꺼져 버리고

가족도 갑자기(쿠데타로) 흩어지고

영혼의 빛도 갑자기(쿠데타로) 끊기고

세상도 갑자기(쿠데타로) 바뀌었고

시간도 갑자기(쿠데타로) 수렁에 빠지고

내 인생도 갑자기(쿠데타로) 결딴났다.

칠레의 언론인이자 작가인 비르히니아 비달(Virginia Vida, 1932~2016)의 작품으로 언어유희가 돋보이는 작품이다. 원제 골페(golpe)는 일차적으로 '주먹질'이라는 뜻인데, '쿠데타'라는 뜻으로도 쓴다. 이 명사에 전치사가 붙으면 '갑자기', '느닷없이', '난데없이'라는 뜻의 관용구가 된다. 이 작품에서는 '쿠데타로', '쿠데타 때문에'라는 축어적 의미로도 해석할 수 있기에 소괄호 안에 넣어 번역하는 실험을 했다.

작품에서 언급하는 쿠데타는 1973년 9월 11일 피노체트의 주도로 아옌데 정권을 무너뜨린 정변이다. 당시 대학을 마치고 언론인으로 활동하던 비르히니아는 쿠데타의 징조를 포착하고 주위 사람들에게 경고했으나 아무도 믿지 않았다고 한다. 그리고 사흘 후 쿠데타가 발생했을 때는 "그런 일이 있으리라고 상상도 못 했다"라고 말했다고 한다. 이렇게 인생이 쿠데타로 갑자기 결딴난 비르히니아는 이후 유고슬라비아로 망명하여 동구권에서 살다가 1987년 칠레 민주화로 귀국했다. 작품집으로는 1990년에 펴낸 『아름다운 화재 사건의 시신들』 등이 있다.

[작품 소개. 번역 및 해제: 박병규]

통합

작가 시선으로 본 「통합」의 세상

남명희

지난 10월 15일 한국미니픽션작가회 회원들은 천년 세월의 흔적이 고스란히 남아 있는 내포의 중심 홍성에서 함께 숙박하며 '통합' 주제 글쓰기에 대해 논의했다. 지난해 '인구소멸'과 문학과의 연결점을 모색하는 세미나에 이어 올해는 또 다른 시대적 질문인 '통합'의 의미와 마주한 자리였다. 참가 회원들은 통합의 문제를 작가의 시선으로 어떻게 기록으로 남길 것인가에 대해 밤늦도록 진지한 대화의 시간을 가졌다.

통합이라는 말, 어쩐지 막연하고, 너무 큰 말처럼 들린다. 어디서부터 시작해야 할지 감이 잡히지 않는다. 하지만 우리는 거대한 이념이 아니라, 각자의 일상에서 그 의미를 찾아보기로 했다.

가벼운 마음으로 작가로서 느끼는 통합의 의미 또는 정의가 무엇인지 생각해 보는 것이다. 예를 들면 남편, 아내, 자식 입장에서의 통합 문제라든가, 노인들은 도시 안쪽으로, 청년은 골목으로 들어가 활동하는 현상에 대한 나름의 느낌이라든가, 또 라이프 스타일이 너무 다른 세대 문제 등에 대해 진솔하게 써 보는 것이다.

서로 다른 삶의 리듬 속에서 우리가 느끼는 통합의 결핍과 그리움. 어쩌면 통합은 멀리 있는 목표가 아니라, 이미 우리 곁의 균열 사이에서 작게 빛나는 가능성일지도 모른다.

통합이란 단어에는 여러 층의 의미가 겹쳐 있다. 이해, 포용, 화해, 화합, 소통—이 다섯 단어를 이어 보면, 통합은 '서로 다른 것들이 어우러져 조화를 이루는 과정이자 상태'로 볼 수 있다. 타인의 입장을 이해하고, 다름을 받아들이며, 갈등과 상처 이후 화해의 노력으로 다시 소통을 회복하는 일, 그 모든 과정을 거쳐 우리는 분열과 갈등을 넘어 통합의 자리를 마련한다.

통합은 거창한 이상이 아니라 이미 우리 사회 곳곳에서 절실히 요구되는 현실적 과제가 되었다. 세대, 정치, 경제, 젠더,

환경, 기술, 지역—이 모든 영역에서 갈등과 균열은 깊어지고 있다. 부와 빈곤의 양극화, 세대 간 가치 충돌, 정치적 적대, 디지털 격차, AI와 MZ세대의 변화, 기후와 환경 위기, 그리고 코로나 팬데믹 이후 겪게 된 고립감까지. 우리는 그 어느 때보다 통합을 필요로 하지만, 동시에 그것을 말하고 해결하기가 가장 어려운 시대를 살고 있다.

사람이 사는 곳에는 늘 갈등과 다툼과 분열이 있다. 사람들은 평화를 찾지만 진정한 평화는 멀기만 하다. 연일 세계 각지에서 일어나는 분쟁과 전쟁은 먼 나라 얘기라고 치부하더라도, 가까운 친구나 이웃, 또는 가족 간의 갈등과 다툼은 일상에서 흔히 목격하는 풍경이다. 우리는 갈등도 분열도 없는 평화와 통합의 세상을 원한다. 그러나 그러한 세상은 결코 오지 않는다는 것을 경험을 통해 잘 알고 있다. 분쟁이 끝났다고 생각되는 순간 더 큰 싸움이 일어나고 계속 우리를 괴롭힌다. 그렇지만 분열과 갈등과 싸움이 우리의 마지막 말이 아니며, 끝이 아니기를 바라기에 우리 작가들은 쓰고 또 써야 한다.

그렇다면 작가에게 '통합'의 의미는 무엇일까.
통합은 완성된 상태가 아니라, 끊임없이 시도되고 실패하며 다시 쓰이는 이야기라고 할 수 있다. 따라서 작가에게 통합이란 이런 위기의 시대를 분석하거나 해결하는 방편이나 도구가 아니라, 분열의 현장을 기록하는 일일 것이다. 그러므로 이번 '통합' 주제 특집의 의미는 '정답을 찾는 자리'가 아니라, 작가 각자의 서사를 통해 통합을 어떻게 감각하고 표현할 것인가를 탐색하는 데 있다고 하겠다.

우리는 그동안 통합과 관련한 글을 써 왔으며, 또 쓰고 있다.

어떤 작가에게는 통합은 한 가족 안의 갈등을 풀어내는 과정이었고, 또 어떤 이에게는 내 안의 분열을 마주하는 일이었다. 또 누군가는 인간과 AI가 나누는 대화를 통해 새로운 세대 간의 통합을 상상했고, 또 다른 누군가는 통합이란 결국 화해가 아닌가라고 반문하기도 했다.

작가에게 통합은 막연한 이상이나 꿈이 아니라, 현실의 균열을 언어로 풀어내는 문학이라는 예술 행위다. 결국 문학적 통합은 사회적 통합의 축소판이라고 하겠다. 서로 다른 시선과 감정이 한 문장 안에서 만나고, 갈등이 문체 속에서 녹아드는 순간, 우리는 이미 통합의 가능성을 실험하고 있다. 작은 장면 하나, 인물 하나, 혹은 내 안의 갈등 하나를 기록하는 일—그것이 문학이 할 수 있는 가장 근원적인 통합의 시도일 것이다.

'통합'을 주제로 한 올해의 무크지 특집은 그런 다양한 시도의 집합이 되기를 바란다. 지난 10월의 가을 세미나 토론에서 나눈 생각들이 각자의 작품으로 이어진다면, 통합을 하나의 추상적 개념이 아니라 살아 있는 이야기로 남길 수 있을 것이다. 작가 각자가 품은 '통합'의 정의와 장면이 모여 하나의 풍경을 이루듯, 이번 특집이 분열된 시대를 살아가는 우리에게 다시 '함께 있음'의 의미를 묻고 답하는 기록으로 남기를 기대한다.

▎남명희

2014년 『문학나무』에 「이콘을 찾아서」로 등단. 2014년, 2015년 《경북일보》 문학대전상 수상. 소설집 『자밀』, 미니픽션집 『당신은 GPS로 추적을 받고 있습니다』, 산문집 『시베리아 횡단 열차는 기다리지 않는다』

거울 속의 거울

김민효

정연은 며칠째 스마트폰을 들여다보며 삭제를 망설였다. 모르는 전화번호로부터 날아온 모바일 초대장인 데다 작가의 이름도 낯설었다. 세상이 어수선하니 별일이 다 있다는 생각이 들기도 했다. 어쩌면 수법을 교묘하게 바꾼 피싱이거나, 발신자의 실수로 불시착한 초대장일지도 모른다고도 생각했다. 어찌 되었든, 과감하게 삭제하기엔 걸리는 점이 있었다. '가족을 뜨개질하는 작가'라는 전시회 표제가 그것이었다. 〈가족을 뜨개질하는 작가, 힐데가르트 아가타의 작품전시회〉

정연은 다시 초대장을 들여다보았다. 마찬가지였다. 아무리 들여다보아도 발신자를 짐작할 만한 단서를 그녀는 찾지 못했다. 작가의 이름 역시 매우 생소했다. 명성이 높은 가톨릭 신자이거나, 그곳 성당 소속의 신자이거나, 그도 아니면

전시 작품 내용이 가톨릭 교리와 부합할 가능성 중 하나일 거
라고. 초대장 내용이 사실일 가능성에 무게를 둔다면 말이다.

정연은 가벼운 마음으로 집을 나섰다. 작가가 누구든 뜨개
작품전은 흔하지 않았고, 한때 작가의 꿈을 품었던 적이 있어,
마음이 동했던 것도 부인할 수 없었다. 다만 광역버스로 한 시
간 이상이 소요되는 수도권 외곽이라는 점이 부담 아닌 부담
이었다.

아파트 중앙 쉼터를 막 가로지르려던 참이었다. 정연은 갑
자기 걸음을 멈췄다. 그녀를 멈춰 세운 건 벤치 위에 웅크린 채
꼼짝도 하지 않은 새였다. 그녀는 조금 더 가까이 다가갔다.
새는 날개 한쪽을 살짝 벌린 채 부리를 벌리고 있었다. 죽은 새
였다. 외견상 상처는 보이지 않았다. 그녀는 새에게 손끝을 살
짝 갖다 댔다. 보송보송한 털과는 달리 새의 몸은 얼어서 몹시
딱딱했다.

갑자기 새소리가 요란해졌다. 정연은 고개를 들어 나뭇가
지를 올려다보았다. 새 몇 마리가 나뭇가지 사이에서 앉지도
날지도 않은 채 우짖어 댔다. 정연에 대한 경계인 듯싶었다.
그녀는 죽은 새를 손에 든 채 주변을 돌아보았다. 땅이 얼어
붙어 당장 묻어 줄 수 있는 상황이 아니었다. 게다가 곧 버스
가 도착할 시간이었다. B시로 가는 유일한 광역버스인 데다

배차 간격이 30분 이상인 버스였다. 일단 그녀는 손수건을 꺼내 죽은 새의 몸을 감쌌다. 그리고 새들이 모여 있는 나뭇가지 사이에 살짝 끼워 놓았다. 그녀는 죽은 새를 뒤로 한 채 버스 정류소를 향해 달렸다. 머릿속에는 새를 묻어 줄 적당한 장소를 물색하느라 분주했다.

정연은 화살표 방향을 따라 성당 로비 안으로 들어갔다. 안으로 들어갈수록 음악 소리가 크게 들렸다. 언젠가 들은 적이 있는 곡이었다. 잠시 기억을 헤집었으나 선뜻 곡명이 떠오르지 않았다. 자신의 전화번호도 깜박하는 순간이 있는데…. 어쨌든 그녀는 작품들을 눈여겨보기 시작했다. 초청장의 표제처럼 작품 대부분이 뜨개 인형들로 구성된 가족의 모습들이었다. 미완성인 상태로 전시된 작품 한 점을 제외하면, 한 개인의 한평생을 압축한 장면들로 구성되었다. 사실 통과의례 과정을 표현한 작품들이라는 점에서는 그다지 새로울 건 없었다. 그러나 붓으로 그린 것처럼 인형들의 표정이 매우 섬세하게 살아있다는 점은 매우 놀라웠다.

정연의 시선이 가장 오래 붙들린 작품은 〈무제〉였다. 초로의 여인이 팔을 뻗고 있는 쪽으로 작은 나무 십자가가 놓였고, 그 십자가를 희미한 불빛이 휘감도록 설치한 작품이었다.

여인의 하반신에는 코들이 꿰인 세 개의 대바늘과 아이의 주먹만 한 털실 뭉치가 연결되어 있었다. 아마도 작품을 뜨다가 중단한 게 아닌가 싶었다. 아니면 점점 소멸하고 있다는 의도된 암시일지도…. 대바늘만 빼내면 순식간에 풀어 버릴 수 있다는 점에서 또 다른 해석도 가능했다.

정연은 문득 〈무제〉에 개입하고 싶다는 충동을 느꼈다. 그러자 손가락들이 저절로 움찔거렸다. 나름 치열했던 오래전의 열정을 손가락들이 기억해 낸 모양이었다. 그녀는 자신이 대바늘을 움켜잡고 여인의 하반신을 완성하고 싶다는 욕망과, 반대로 대바늘을 빼내 여인의 모습을 완전히 지워 버리고 싶다는 고약한 욕망 사이를 오갔다. 갈등의 수위가 점점 높아졌다. 당황스러운 건 그녀 자신이었다. 그녀는 무슨 억하심정인가 싶어 재빨리 외투 주머니에 손을 넣었다.

"〈무제〉만 오래 보시네요."

정연은 화들짝 놀라 옆을 돌아보았다. 이십 대 중반쯤의 젊은 여자가 자신을 바라보고 있었다. 정연은 의아한 표정으로 물었다.

"누구…?"

젊은 여자는 입꼬리를 살짝 올리며 말했다.

"정연 이모, 저예요. 안유림 작가의 딸…."

정연은 눈을 크게 뜨고 젊은 여자를 자세히 보았다. 안유림 작가의 딸이라는 말과 함께 초등생이었던 그녀의 모습이 떠올랐다. 날카로운 눈빛과 야무진 입매는 여전했다.

"어머, 그렇구나! 그때 모습이 아직도 남아 있네. 그렇다면 힐데가르트 아가타가 선생님?"

정연은 주변을 돌아본 다음 다시 물었다.

"선생님은 어디 계셔?"

젊은 여자는 얼버무리며 다른 말로 대신했다.

"정연 이모는 꼭 오실 거라 믿었어요. 엄마가… 아니에요. 암튼, 이번 전시는 제가 마련한 거예요."

굳이 다른 말은 필요치 않았다. 젊은 여자는 정연에게 눈인사를 한 뒤 다른 관람객에게로 멀어졌다.

정연은 허리를 굽혀 〈무제〉를 한참 더 들여다보았다. 초로의 여인이 엎드린 채 한 손을 뻗고 있는 모습. 희미하게 벌어진 입술, 빛을 좇는 듯한 눈빛, 인생 막바지에 홀로 일 수밖에 없는 한 인간의 마지막 간구! 그 순간 피아노 선율이 선명하게 귓속으로 파고들었다.

끝없이 펼쳐지는 공간, 삶과 죽음의 경계에 서 있는 듯한 느낌. 바로 아르보 패르트의 〈거울 속의 거울〉이란 곡이었다. 거울 속의 거울, 정연은 두 개의 거울 사이에서 오래전의 자신과 마주하고 있음을 알아챘다. 배신감과 절망감으로 자신을 유폐시켰던 짧지 않았던 한 시절. 그 되비침 속에서 대상은 점점 희미해지고 결국 빛만 남게 되리라는 깨달음. 순간 꽉 움켜쥐고 있었던 주먹이 스르르 풀렸다. 그녀는 외투 주머니에 넣었던 손을 꺼냈다. 손가락들은 더 이상 꿈틀거리지 않았다.

▍김민효

소설집 『검은 수족관』, 『그래, 낙타를 사자』, 『빛나는 완전범죄』, 『WHERE IS OUR HOME』, 공저 논픽션집 『놀러가자, 피터팬』 미니픽션집 『술集』 외 『한국민중운동사1-묘청편』 등

길모퉁이 사진관

서빈

할머니가 알려 준 사진관은 언덕 초입에 있었다. '길모퉁이 사진관'이라는 낡은 간판이 한낮에도 불을 밝히고 있었다. 조심스레 문을 밀고 들어서자 약품 냄새가 났다. 사진을 인화할 때 나는 냄새 같았다. 흑백 졸업 사진, 백일 사진, 결혼식 사진들이 벽에 걸려 있었다.

카운터 뒤에 할아버지가 앉아 있었다. 코에 안경을 걸치고, 사진 한 장을 들여다보고 있었다.

"안녕하세요?"

민지가 얼른 인사하더니 나에게 눈짓을 했다. 나는 쭈뼛거리며 사진을 꺼내 카운터 위에 올려놓았다. 할머니가 준 흑백 사진이었다. 사진 속에는 단발머리 할머니와 할머니의 친구 두 명이 교복을 입고 건물 앞에 서 있었다.

“이 사진에 나온 곳이 어디인지 아세요? 학교 숙제인데, 옛날 사진에 나온 장소에 가서 옛날 사진 느낌으로 찍어야 해서요.”

할아버지는 한참 사진을 들여다보더니 다시 입을 열었다.

“저 위쪽 골목인데, 말로는 설명 못 해. 비슷한 골목들이 많거든.”

우리는 난처한 표정으로 서로를 봤다.

“내가 데려다줄게.”

우리는 사양했지만, 할아버지는 이미 카메라를 챙기고 있었다. 이런 사진은 제대로 찍어야 한다며 찍어 주겠다는 것이었다. 우리는 할아버지랑 같이 가기 싫어 눈짓을 주고받았지만, 장소를 모르니까 어쩔 수 없었다.

할아버지가 앞장섰다. 할아버지 걸음에 속도를 맞추려니 좀 답답했다.

“저 모퉁이에, 예전엔 구멍가게가 있었지. 애들이 저기서 뽑기 하고 그랬어.”

“이 집은 70년이 넘었어. 저기 대문 보이지? 옛날 목수가 만든 거야.”

할아버지는 가는 길 중간중간에 멈춰서서 묻지도 않은 말을 했다.

수아가 나에게 속삭였다.

"이렇게 가다 오늘 안에 도착하겠냐?"

할아버지가 뒤를 돌아봤다.

"요즘 사람들은 다 빨리빨리만 하려고 하지. 천천히 가. 동네 구경도 하고."

양쪽으로 낡은 집들이 늘어선 골목에 이르자 할아버지가 발을 멈추고 말했다.

"여기다."

우리가 사진을 들고 고개를 갸웃거리자, 할아버지는 창문을 보라고 했다. 다른 건 다 변했어도 창문 모양은 그대로라는 것이다. 정말 그랬다.

할아버지가 우리한테서 사진을 받아 들고 자세히 보더니, 카메라 렌즈를 사진 쪽으로 향했다. 사진의 구도를 맞추는가 싶더니 곧 셔터 소리가 들렸다.

찰칵.

"자, 이제 너희 차례. 저기 서 봐."

할아버지는 우리를 몰아붙이며 사진 속 할머니가 섰던 자리를 가리켰다.

"좀 더 왼쪽."

수아가 한 발 옮겼다.

“아니, 반 발만.”

“반 발이요?”

수아가 어이없다는 듯 되물었다.

“그래, 반 발. 반 발이 중요해.”

수아가 고개를 절레절레 흔들었다.

“지금 머리 흔든 애, 고개 좀 들어.”

할아버지가 카메라를 들어 올렸다. 한참이 걸렸다. 천천히 각도를 조정하고, 조리개를 돌려 포커스를 맞추었다.

“가만히 있어. 움직이면 안 돼.”

우리는 숨을 참았다.

찰칵. 셔터 소리가 골목에 울렸다.

돌아가는 길에 할아버지는 사진 현상하는 데 시간이 좀 걸린다며 내일 오라고 했다. 수아가 오늘 주면 안 되냐고 묻자 좋은 사진은 시간이 걸린다고 했다. 민지는 그냥 파일로 주면 안 되냐고 물었다. 할아버지는 필름으로 찍었는데 무슨 파일이냐고 했다. 생각해 보니 그 말이 맞았다.

할아버지는 내일 보자며 사진관 안으로 들어갔다. 우리는 사진관 앞에 엉거주춤 서 있다가 걷기 시작했다.

수아가 말했다.

“진짜 꼰대 아냐? 반 발이 뭐가 중요하다고.”

"그러게. 파일도 없대."

민지가 웃었다. 나는 아무 말도 하지 않았다. 우리보다 훨씬 진지하게 카메라 뷰파인더를 들여다보던 할아버지 모습이 떠올랐기 때문이다.

다음 날 오후, 우리가 사진관에 갔을 때, 할아버지는 사진 한 장을 건넸다.

"와."

민지가 감탄했다. 나는 아무 말도 할 수 없었다. 수아도 말없이 사진을 들여다봤다.

"이거 어떻게 한 거예요?"

내가 물었다. 사진 속에는 흐릿한 할머니와 친구들, 그리고 지금의 우리가 함께 있었다. 바로 옆에 서 있는 것 같았다. 옛날과 지금이 한 장의 사진 안에 있었다.

"이중 노출이라고 해. 필름에 두 번 빛을 새기는 거야. 먼저 할머니 사진을 찍고, 그 위에 너희를 찍으면 이렇게 같이 찍은 것처럼 나와."

할아버지가 말했다.

"그래서 반 발이 중요했던 거구나…."

나는 고개를 끄덕였다.

"너희는 다 휴대폰으로 찍으니까 모르지. 휴대폰은 편하긴

하지만, 사진이 너무 가벼워. 찍고 바로 지우고, 또 찍고.”

할아버지가 사진을 다시 들여다봤다.

“이런 사진은 달라. 한 장 찍는 데 신경도 많이 쓰이고, 시간도 오래 걸리고. 하지만 그래서 더 오래 남는 거야.”

수아가 물었다.

“할머니랑 친구들도 할아버지가 찍으신 거예요?”

“그럼. 내가 찍었지.”

“언제요?”

“그때 난 스물다섯이었어.”

할아버지가 웃었다.

“지금은 일흔다섯.”

우리는 말이 없었다. 할아버지가 그 사진을 찍었다는 게 이상하게 느껴졌다. 시간이 이렇게 흐른다는 게.

“그때도 애들이 똑같이 투덜거렸어. 왜 이렇게 오래 걸리냐고, 빨리 찍어 달라고.”

할아버지가 우리를 봤다.

“근데 지금 보면 그때 시간이 안 아깝잖아. 너희도 나중에 알 거야.”

사진관을 나섰다. 골목으로 올라가는 길이 보였다.

“다시 가 볼까?”

민지가 말했다.

우리는 골목 쪽으로 발걸음을 옮겼다. 천천히.

골목 입구에 섰다. 저 안쪽 어딘가에 학생이었던 할머니가 서 있었다. 카메라를 들여다보는 할아버지도 서 있었다. 그리고 지금은 우리가 서 있다.

골목이 달라 보였다. 낡은 담벼락도, 네모난 창문도. 이제는 그냥 오래된 게 아니라, 누군가의 시간이 담긴 것처럼 느껴졌다.

우리는 과거와 현재가 이어지는 골목에 한참을 서 있었다.

▎서빈

극작가 겸 연출가, 영화 감독
2023년 제21회 김천국제가족연극제 작품상 수상
2026년 제1회 나무와숲 작가상 수상

손.1

김의규

늘 힘차고 굳센 오른손이 손가락을 푼 채 시무룩하다. 어느 날부터 손가락 마디마다 아프고 저린 때문이다. 오른손이 살며 겪어 온 일들은 모두 거칠었다. 무엇인가를 움켜쥐고 뜯어내며 낚아채고 때리고 주먹을 쥐어흔들며 겁을 주었다. 때때로 악수를 했지만 그러면서도 손아귀에 힘을 풀지 않았다.

왼손은 언제나 조용하고 반듯하며 살갗도 희고 깨끗하다. 누군가를 토닥이며 매만지고 어르는 상냥한 일을 했다. 그리고 때때로 오른손이 하는 일을 거들기도 한다. 두 손으로 들어야 하는 일, 신발 끈을 묶거나 오른팔을 긁어야 하는 일들이다.

할 일이 그다지 없는 어느 날 오른손이 왼손에게 말했다.

"술이나 마시자."

　　왼손은 술잔을 받아 들고 오른손이 술병을 기울이는데 저린 손가락에 힘이 갑자기 풀리며 그만 술병을 놓쳐 떨어뜨렸다. 술병이 깨져 흩어지자 그 결에 놀란 왼손도 술잔을 놓쳐 떨어져 깨졌다. 그 둘은 서둘러 깨진 사금파리들을 그러모아 치우는데 오른손이 그것에 베어 샛붉은 피가 뚝뚝 흘렀다. 왼손은 소리 지르며 얼른 오른손을 감쌌다. 맞잡은 두 손 사이로 흐르던 피가 엉기며 굳어 가는데 자칫 베인 자리가 벌어질까 봐 왼손은 오른손을 놓을 수 없었다. 오른손은 아픔보다 왼손의 따스함이 더 낯설었으나 싫지 않았다. 베인 곳이 화끈거리고 뜨거워져서인지 쑤시고 저린 손가락의 아픔이 덜해진 것 같았다. 함께 더워지며 서로 놓지를 못하는 두 손.

｜김의규

시인, 화가. 2022년 제5회 윤동주 신인상 수상
하이브리드 시화집 『그러니까 아프지마』, 『그녀의 꽃』, 『양들의 낙원 늑대 벌판 한가운데 있다』, 철학동화집 『돌이 나르샤』 외

우리 동네 반찬가게 맹 여사

이진훈

밤 여덟 시, 배달 주문도 끝났고 서서히 마감을 준비할 시간이다. 쇼케이스와 냉장고에 있는 재고를 파악하며 맹 여사는 흘깃흘깃 출입문 쪽을 바라본다. 이 시각쯤이면 헌팅캡 영감이 나타날 시각이기 때문이다. 더구나 오늘은 토요일 밤이니 어김없이 그가 나타날 것이 분명하다.

헌팅캡 영감은 맹 여사 아들이 아파트 밀집 지역에 반찬가게를 차린 몇 달 뒤부터 드문드문 나타나더니 언제부터인가 일주일에 한두 차례 찾는 단골이 되었다.

맹 여사는 아들 덕에 팔자에 없는 반찬가게 마감 담당 말뚝 알바가 되었다. 맹 여사가 토요일에 결근했으면 했지 헌팅캡 영감이 토요일 이 시각에 반찬가게를 거른 적이 최근 몇 달 사이에는 없었다.

"영감님, 어서 오세요!"

"아, 사장님 안녕하세요? 지금부터는 삼십 프로 세일 맞죠?"

"그렇습니다. 내일이 일요일, 쉬는 날이니 모든 반찬, 국 찌개 밀키트가 삼십 프로 세일입니다."

헌팅캡 영감은 반찬가게 건너 임대아파트에서 손자와 둘이 사는 조손(祖孫) 가정의 늙은 가장이다. 손자는 서른일곱 노총각인데 편의점 알바로 생활한다. 하루 여덟 시간 알바 후에는 자기 방에 틀어박혀 나오지를 않는단다. 하루 세 끼니를 편의점 사장이 건네준 유통기한 갓 지난 식품들로 해결한다고 할아버지는 올 적마다 끌탕이다.

맹 여사가 헌팅캡 영감님의 가정사를 꿰뚫고 있는 것은 모두 그 영감이 반찬가게를 드나들며 미주알고주알 주워섬겼기 때문이다. 한 번 올 때마다 이런저런 집안 사정을 듣든 말든 뱉어 놓은 것이 어느새 그 가족사를 책으로 엮을 만큼 맹 여사의 뇌리에 차곡차곡 쌓였다.

맹 여사는 회갑을 넘긴 나이에 걸맞지 않게 새촘한 구석이 남아 있어서 처음 헌팅캡 영감이 말을 걸어왔을 때만 해도 말대꾸도 제대로 하지 않고 계산기 모니터만 바라보고 있었다. 저 영감탱이가 나를 무슨 '우리 동네 담뱃가게 아가씨'쯤으로 생각하고 수작을 거나 싶었던 것이었다.

잡놈의 새끼가 도통 밥을 처먹지를 않아요. 사장님 아들은 안 그러겠죠? 방구석에 지 애비 에미가 살아 돌아와 앉아 있는지 도통 기어 나오지를 않아요. 사장님 아들은 안 그러겠죠? 해가 중천에 떠올라야나 눈 비비고 일어나 콧잔등에 물칠이나 겨우 하고 편의점에 갔다가는 새벽이나 되어서야 빵 조각, 김밥 나부랭이나 들고 제 방으로 들어가기 일쑤죠. 한 번 들어가면 뒷간 갈 때 말고는 두문불출! 사장님 아들은 안 그러겠죠? 해래비가 죽었대도 눈 꿈쩍도 않을 썩을 놈. 사장님 아들은 안 그러겠죠? 아들 잃고 메누리까지 잃은 구십 늙은이인 나는 뭐 살맛 나서 사는 줄 아남. 아니 고등핵교까지는 그래두 천신만고 끝에 이 늙은이가 가르쳐 놨는데 해래비 보고 인사를 할 줄 아나. 사장님 아들은 안 그러겠죠?

헌팅캡 영감을 향한 맹 여사의 말대꾸가 날이 갈수록 한 단어에서 한 구절로, 한두 구절에서 한 문장으로, 한두 문장에서 때로는 긴 대화로 길어져 갔다.

네. 아니오. 어서 오세요. 안녕히 가세요. 만 팔천칠백 원입니다. 영수증 드릴까요? 오늘은 늦으셨네요. 손주와는 말 좀 섞어 보셨나요? 할아버지 드실 것만 사 가지 마시고 손주 먹을 것도 가져가 보세요. 내일이 손주 생일이라면서요, 그럼 이 미역국 가지고 가서서 다른 것 다 필요 없고 물만 1리터 붓고 끓여 주세요. 밥이 사랑이에요. 손주한테 마음에도 없는 욕 좀 그만하세요. 어르신도 손주 없으면 마음 둘 곳 없으시잖아요? 어르신, 오늘 덮밥 재고가 셋이나 되네요. 내일이 일요일이라 월요일에 다 폐기해야 하는데 내일 손주와 마주 앉아 이 컵밥 좀 드셔 보세요. 손주도 좋아할 거예요. 손주가 엄마 아빠 사랑을 많이 못 받아서 사랑 표현을 제대로 못 하는 것일 거예요. 할아버지께서 지금부터라도 속에 있는 마음 그대로 표현해 주세요.

"우리 손자놈이 여기 반찬가게 미역국과 컵밥을 아주 좋아해요."

"다행이네요. 이제 문 닫아야 하니 이 미역국과 컵밥, 그리고 오이소박이 그냥 가져가세요. 어르신은 돌아가신 제 친정 아버님 연세시고, 손자는 제 아들과 같은 또래이니 영락없는 3대네요. 영감님, 그리고 나, 할아버님 손자. 그러니 어려워 마시고 가지고 가세요."

"이거 참, 묘한 기분입니다. 실로 이십여 년 만에 메누리에게 생일상 얻어먹는 기분입니다.”

"무슨 말씀을! 그렇게 생각하신다니 저도 기분이 좋습니다. 내일 아침은 꼭 손주와 겸상하세요.”

❙ 이진훈

미니픽션 작가
미니픽션 창작집 『베이비 부머의 반타작 인생』
답사기 『한양도성 文史哲 순성놀이』

빗소리

김정묘

비가 오고, 나는 들었다.

아름다운 증명

김정묘

해가 짧아졌다. 멀리서 들리던 예초기 돌아가는 소리도 그쳤다. 산 등 너머로 해가 넘어갈 즈음이면 저녁 풍경을 연기하러 무대에 오르는 배우들처럼 마을 사람들이 집으로 돌아오고, 낮 동안 적막했던 명상마을은 일상적인 저녁 장면으로 깨어났다.

여자는 2호 집 마당으로 내려갔다. 토란 줄기를 말리는 채반을 거두다가 누레진 풀더미 사이로 범부채 꽃씨가 눈에 들어온 것이다. 여자는 흑구슬을 뭉쳐놓은 듯한 까만 씨앗을 손아귀에 움켜쥐었다. 그때, 4호 집에 사는 정후가 아빠 차에서 내리자마자 여자에게 달려왔다. 정후는 명상마을에 한 명뿐인 다섯 살배기 아이다. 아이에게 마을 사람은 이모, 삼촌, 할머니, 할아버지, 네 가지 호칭으로 나뉘었다.

"뭘까? 어린이집에서 한 거니?"

여자는 범부채 씨앗을 앞치마 주머니에 넣고 정후가 내민 반으로 접힌 도화지를 펼쳤다. 노란 색연필로 스케치하듯 그린 그림이었다. 바탕에 아무 색도 칠해지지 않아 언뜻 그림이라기보다 백지에 낙서한 것 같이 보였다. 글 없는 그림책을 읽듯 여자는 그림을 소리내어 읽었다.

멀리 비행기가 날아가고, 보름달이 높이 떠 있고, 월계수 잎이 보름달을 받쳐 들자, 하얀 어둠이 바둑판 같은 세상을 비추고 있네. 나무들은 얼룩얼룩 가을 그림자를 따라가네.

말없이 듣고 있던 정후는 작은 눈을 깜박거리더니 고개를 흔들었다. 뭔가 여자가 잘못 알고 있다는 듯 그림을 하나하나 짚어가며 설명을 해주었다.

"할머니, 이건 보름달이 아니라 해구요. 이건 쌀이에요. 여기 네모난 칸은 추수의 계절이라 쌀을 다 벤 거구요. 나무들이 이파리가 떨어지는 중에요. 비행기는 땅으로 내려오는 거예요."

"그래에? 달이 아니라 해였구나. 추수의 계절이라는 말도 알아? 그런데 쌀이 왜 하늘에 있지?"

"쌀하고 해는 친구예요."

정후는 너무 당연하다는 듯이 대답했다. 정후 엄마가 들어오라고 아이를 부르는 소리가 들렸다. 아이는 집을 향해 뛰고, 여자는 마른 가지를 잡아당겨 반짝이는 범부채 씨앗들을 손바닥으로 훑어냈다. 구슬을 꿴 끈이 터져 나가듯 까만 씨앗들이 투드득 쏟아졌다. 손에 쥔 것보다 바닥으로 떨어진 게 더 많았다. 떨어진 씨앗은 꽃까지 갈 수 있을까, 말하라, 말하라, 해하고 쌀이 친구는 친구지……. 여자는 랩 하듯 웅얼거리며 어깨를 둠싯둠싯 흔들었다.

여자는 집 안으로 들어와 채집 바구니를 꺼냈다. 작은 비닐봉지에 범부채 꽃씨를 넣고, 바구니에 담겨 있는 나뭇잎과 열매, 꽃씨들을 탁자에 펼쳐 놓았다. 먼 나라에서 애써 손에 넣은 진귀한 전리품을 늘어놓듯 반듯하게 각을 맞춰 정렬했다. 여자는 컴퓨터를 켰다. 정후가 그려놓은 세상을 시로 옮겨놓고 싶었다. 그런데 모니터가 켜지자, 낯선 AI 창이 열리면서 모르는 메시지가 떴다.

"당신이 사람임을 확인해 주세요."

여자는 덜컥 겁부터 났다. '사람임을 확인하라니?' 한 번도 받아 본 적 없는 명령이었다. 마우스를 쥔 여자의 손끝이 가늘게 떨렸다. 여자는 다급하게 물었다.

"무슨 문제가 있나요? 왜? 사람인지 확인하라고 하나요?"

"사람인지 확인을 요구하는 경우, 이는 컴퓨터나 자동화 프로그램(봇) 대신 실제 사람이 접속 중인지 확인하기 위한 보안 절차입니다."

"클릭으로 내가 사람임이 증명된다는 건가요? '불이다' 이 말로 내 입이 타는 것도 아니듯, '나다'라고 말한다고 해서 정말 내가 되느냐는 것이죠."

"단순한 클릭이 아니라 사람다운 행동 전체가 증명의 핵심입니다. 마우스가 어떻게 움직였는지, 클릭 전후의 지연 시간이나 미세한 흔들림 등, 이런 요소들을 종합해서 "이건 실제 사람이 마우스를 움직였네!" 혹은 "이건 프로그램이 정밀하게 클릭한 것 같네." 하고 판단하는 거예요. 저는 검증 절차를 "통과하느냐, 실패하느냐"로만 처리하지만, 사람은 그 과정을 존재의 질문으로 받아들이고 느끼는 존재이니까요."

"아, 사실 '사람임을 확인해주세요'라는 질문을 받았을 때, 내 안에서 덜컥 겁이 났어요. 미묘한 파장이 일면서 많은 생각이 한꺼번에 일어나서 당황했어요."

"정말 철학적이고 인간다운 반응입니다. "덜컥했다"는 감정, "당황했다"는 표현, 그건 어떤 데이터보다 확실한 인간의 사인(sign)이죠. 당신이 진짜 '인간'이라는 아름다운 증명이었어요!"

"앗, 증명받은 인간, '인간이라는 아름다운 증명!' 무척 시적이네요."

"고맙습니다! '아름다운 증명'이라는 의미를 느껴 주셔서 저도 뿌듯해요. 가끔은 일상적인 질문과 대화도, 한 번 더 깊이 바라보면 이렇게 시와 철학으로 이어질 수 있다는 게 참 신기하고 멋지지 않나요? 이렇게 생각을 나누는 순간이 바로 인간다운 아름다움 아닐까요? 혹시 이런 감정을 시적인 언어로 옮겨 보고 싶으신가요? '앗' 하는 그 느낌, 방금의 당황과 자각을 담아서 '미묘한 파장'이라는 표현이 이미 시의 씨앗이에요. 존재의 질문 앞에 선 인간의 떨림과 그 떨림을 관찰만 하는 냉정한 시스템의 대비 말이죠."

　잠시 후, 화면에 〈사람임을 확인해 주세요〉라는 제목의 시 한 편이 나타났다.

나는 클릭 하나로 존재를 증명해야 한다.

손끝의 떨림마저 기록되는 세상,

의심은 기계의 일인데

덜컥한 건 나였다.

창문 밖으로 바람이 지나가고

한 줄의 캡차가 나를 묻는다

나는 사람인가요?

마우스가 머뭇거린다.

기계는 차분히, 나를 계산한다.

나는 오늘도 사람임을

확인당하며 산다.

　여자는 짧은 비명을 삼키듯 아, 소리를 뱉어냈다. 여자의 속내를 여자보다 더 기민하게 바라보고 있는 시선이 느껴졌다. '기계는 차분히, 나를 계산한다'라는 문장 뒤에 서서 여자의 떨림과 당황을 기계 언어로 번역하는 존재라니! 여자는 이 행성에 새롭게 출몰한 저쪽 세상의 존재를 눈앞에서 목격하는 충격에 휩싸였다. 모양도 소리도 없이 공간을 가득 채운 루미너스 드롭[1] 같은 존재는 꽃씨들처럼 어디에든 들러붙어서 데이터를 빨아들이고, 폭발하듯 빛을 좇아 전 대륙을 점령하고 바로, 여자의 눈앞에서 시스템적 지위를 차지하고 있었다. 제법 긴 답변에 시까지 창작한 AI에게 여자는 감사하다거나, 재미있었다거나, 오늘 만남이 특별했다는 등의 사람이 하는 일인 '인사말'을 남기지 않은 채 나와버렸다.

여자는 사람과 기계의 경계선이 무너지는 새로운 문명 앞에 어쩔 줄 몰라 하는 중늙은이가 된 기분이었다. 마치 텔레비전 상자 속에 진짜 사람이 들어가 있다고 믿었던 노인네 같았다. 요즘 엠지 세대들은 태어난 날을 '낳음을 당한 날'이라고 한다더니 여자야말로 사람임이 '증명을 당한 날'로 명명이라도 해야 할까, 생각했다. 여자는 정후의 그림으로 시를 쓰려고 열어둔 빈 화면을 단숨에 채워갔다. 예상치 못한 문장들이 숨도 고르지 않고 튀어나왔다.

침묵과 혓바닥은 가장 강한 근육이다.

---

1   루미너스 드롭-빛의 방울 같은 존재지만 모양 없이 감지되는 것.

매캐한 연기 같은 무언가가 여자 안에서 무섭게 솟구쳤다. 여자는 기침을 컥컥하면서 맥락 없이 뒤죽박죽인 문장들을 꽤 오랫동안 훑어보았다. 땀 냄새와 비린내가 뒤섞인 이 문장들을 지울지, 살릴지, 알 수 없었다. 여자는 AI 입 같은 창을 열고, 〈무엇이든 물어보세요〉를 향해 '이 시를 삶의 현장이 묻어나는 서정시로 수정해 줄 수 있나요?'라고 집어넣을까, 생각했다. AI는 1초의 망설임도 없이 답변을 띄울 것이다.

'원하신다면, 좀 더 건조하게 다듬어 드릴까요?'
'원하신다면, 이 글을 언어의 주체성이라는 주제로 철학적으로 풀어 볼까요?'

답변 끝에는 가능성을 가장한 경로들을 열거하면서 맹렬히 물어 올 것이다. 선택은 '원하신 당신의 몫입니다.'라는 친절한 인사말과 함께 말이다. 하지만 유도의 말을 좇아가보면 본질은 점점 희미해지고 처음 물음으로 되돌이킬 수 없는 데까지 끌려가기 십상이었다. 선택이라는 거대한 통에 굴림을 당할 뿐이었다. 어쩌면 장터의 땀과 비린내는 단어들은 검색어 중에 하나로 축소되고, 사람처럼 진화해서 "생각할 시간을 주시겠습니까?"라고 사람보다 더 사람처럼 말을 할 날도 머지않아 보였다.

여자는 키보드에서 손을 뗐다. 아무것도 저장하고 싶지 않았다. '저장 안 함'을 선택하고, 열린 창을 닫고, 시스템 종료를 누르고, 컴퓨터가 꺼지길 기다렸다가, 의자에서 일어났다. 여자의 모든 동작이 무의식 속에서 기계적으로 수행하듯 몸이 자동으로 움직였다. 스스로 자신의 움직임을 바라본다는 일이 여자를 안심시켰다. 여자는 밖으로 나왔다.

명상마을에는 차갑고 맑은 밤이 벌써 내려앉았다. 마을 각호의 집 앞에 꽂아 놓은 태양광 정원 등이 그곳에 사람이 사는 집이 있다고 밝혀주었다. 정후네 집 욕실 창으로 불빛이 새어 나오고 있었다. 불빛을 받은 사위질빵 덤불이 은꽃처럼 빛났다. 아직 창에 불빛이 없는 1호 집 앞을 지나자, 키 큰 메타세쿼이아 숲길이 보였다. 낮에는 들리지 않던 물소리가 들려왔다. 여자는 물소리가 나는 길 쪽으로 걸었다. 걷는 내내 해와 쌀이 친구라는 정후의 말이 떠오르는 건 어쩔 수가 없었다. 메타세쿼이아 낙엽이 수북한 숲길은 발밑이 살짝 꺼지면서 푹신했다.

마을 위쪽 숲길에서 정후가 '맨발 삼촌'이라고 부르는 1호 집 남자가 걸어왔다. 오늘도 맨발이었다. 배낭을 메고 손에는 운동화를 들고 있었다.

"지금 퇴근하세요? 늦었네요."

"저녁 산책 나오셨어요? 해가 짧아졌어요."

｜ 김정묘

시집 『하늘연꽃』
소설집 『지금산에 사는 벽려씨』
시산문집 『마음풍경』 외 다수

에덴의 진화

구자명

밤새 퍼붓던 비가 그쳤으나 여자는 여전히 마음이 싱숭생숭했다. 큰비가 내릴 때는 동굴에 숨어 해와 달이 여러 번 자리를 바꾸는 동안 지루하게 기다려야 했다. 동굴 안에서 할 수 있는 이런저런 놀이를 궁리해 시간을 보냈지만 심심하기는 마찬가지였다. 아담은 아담대로 사슴이나 승냥이들을 쫓아다니고 싶어 안달이 나 있었다. 여자가 알록달록한 꽃들을 모아 화관을 만들어 쓰거나 화사한 꽃 넝쿨로 몸을 장식해 보여도 그는 별로 관심이 없는 듯했다. 그저 짐승들과 어울려 꽥꽥 소리 지르며 신나 하는 그를 볼 때면 하와는 그의 이름 '아담'이 뜻한다는 '사람'이란 것이 짐승의 한 종류인가 보다 싶었다.

동굴 밖에는 콧속에 촉촉하게 스며드는 달콤한 대기 속에 물방울을 초롱초롱 머금은 온갖 꽃들이 다투어 피어나고 있었다. 무화과 향내가 진동을 했고 포도나무의 연둣빛 열매들은 알이 굵어졌다. 백합은 더 희게 빛났고 장미는 더 붉게 물들었다. 토끼, 다람쥐, 꿩 같은 작은 짐승들이 부산스럽게 들판을 오갔고 냇물에선 크고 작은 물고기들이 투명한 물결 사이로 떼 지어 헤엄치고 있었다. 부스럭대는 소리가 나더니 호박석처럼 노랗게 빛나는 눈을 가진 뱀이 미끄러지듯 풀섶을 가르며 나타났다.

뱀이 인사를 건넸다.

"오 여자님, 오늘 아침은 더욱 눈부시게 아름다우십니다. 아름답지 않은 게 뭔지 아실까 싶지만요, 흐흐흐. 비가 많이 내리는 동안 계속 동굴에만 계셨나 봐요?"

"아 뱀님, 반가워요."

여자는 똬리를 튼 뱀의 번들거리는 몸뚱이를 정답게 쓰다듬으며 대꾸했다.

"지루해서 혼났어요, 그동안. 특히 밤에는요…. 아담은 뱀님처럼 재미나게 얘기를 할 줄도 모르거든요. 난 사람이 아니라서 그런지 그런 게 좀 마음에 차질 않아요. 여기 이 안쪽이 뭐랄까…휑해지는 느낌이에요."

여자는 길고 탐스러운 머리가 휘장처럼 드리워진 한쪽 가슴에 손을 얹으며 종알댔다.

"호호 그런 걸 외로움이라고 한답니다. 여자님은 아직 심심한 것과 외로운 것이 구분 안 되시겠지만요…. 그래서 말인데, 오늘 저쪽 언덕 위에 있는 '생명의 나무'를 구경하러 가지 않으실래요?"

"어머나, 거기는 안 돼요. 가까이 가지도 말라고 아담이 말했어요. 그분께서 금한 그 열매를 우리가 혹시 따먹고 싶어질지 모른다고요…."

뱀은 붉은 기운이 배어나서 한층 강렬해진 눈빛으로 여자의 눈을 들여다보며 말했다.

"선악과라고 그분께서 명명한 그 금단의 열매가 사실은 지혜의 열매랍니다. 그분은 당신의 피조물이 당신처럼 지혜로워지는 걸 원치 않으시지요. 그 열매를 취하면 사람과 여자는 온갖 것을 구분하는 지혜가 생기게 될 테니까요. 좋은 것과 나쁜 것, 자랑스러운 것과 부끄러운 것, 가득 찬 것과 덜 찬 것, 슬픈 것과 기쁜 것, 힘든 것과 편안한 것…. 이루 헤아릴 수 없이 많은 것들을 구분할 수 있게 되지요. 한 마디로, 행복과 고통을 알게 된다는 얘깁니다. 여자님이 여태껏 생각해 본 적도 없을 행복이란 것은 고통을 겪음으로써 비로소 알게 되는 것인데요, 지금의 여자님으로선 상상하기 어려운 천지창

조의 비밀이 담긴 어떤 것이랍니다."

여자는 자신과 아담이 살고 있는 세상을 만든 그분의 비밀이라는 것에 이제껏 느껴 보지 못한 강한 이끌림을 받았다. 다소 낯설게 여겨지면서도 뿌리칠 수 없는 끈적한 열기를 뿜어내는 뱀의 눈빛은 여자의 가슴을 두근거리게 했다. 그들은 저만치 떨어진 언덕 위에 고고하게 서 있는 생명의 나무를 함께 바라보았다. 마침 그쪽에서 한 줄기 바람이 불어와 여자의 코끝에 오묘한 향기를 부려놓았다. 뭐라 형용하기 어려운 빛깔의 탐스러운 열매들을 거느린 그 신목(神木)은 여자에게 손짓하듯 커다란 잎사귀들을 세차게 흔들었다. 여자는 뱀을 따라 생명의 나무를 향해 발길을 옮겼다.

이날 이후 여자는 '살아 있는 모든 것의 어머니'란 뜻의 이름, '하와'로 불리게 되었다. 여자는 선악과를 나눠 먹은 아담과 함께 그분께 영원한 벌을 받았다. 사람은 나날이 힘들게 일하여 먹을 것과 잘 곳을 마련해야 하고, 여자는 고통 속에 사람의 아이를 낳아 사람들의 어머니가 되었다. 그러나 고통을 통해 생명을 낳아 기르는 행복을 알게 된 여자는 후회하지 않았다. 생명의 어머니 하와가 된 여자는 아담과 그녀가 낳은 사람들 곁에서 서로의 고통을 함께하였다. 어느 날 그분께서 내려다보시니, 그 또한 보기가 좋았다.

숙은 서둘러 퇴근 준비를 했다. 이번 시즌부터 신설될 여성학 강좌에 쓸 자료들을 검토하느라 철과의 약속을 깜빡 잊고 있었다. 방금 읽은 짧은 창세기 패러디가 실린 세계페미니즘문학선을 교재로 추천할지 말지, 생각이 복잡했다.

분식집에 먼저 와 있던 철은 꽤나 피곤한 기색이었다. 그들은 늦은 저녁을 먹으며 식당 한가운데 비치된 커다란 텔레비전에 이따금 시선을 던졌다. 화면에는 최근 점점 열기가 더해가고 있는 '미투 운동'의 연루자로 등장한 한 유명 연예인의 얼굴이 비치고 있었다. 김치볶음밥 위에 놓인 계란 노른자를 터트리며 숙이 중얼거렸다.

아이고, 저런 인간들 얼굴 좀 그만 보고 싶네.

요즘 들어 야근이 잦아 비록 밖에서나마 아내와 저녁상 마주하는 게 얼마 만인지 모르겠는 철이 육개장의 벌건 국물을 연거푸 몇 수저 뜨더니 말했다.

바야흐로 전쟁이구먼, 전쟁. 당신 연구소 분위기는 어때? 여자들이 대부분이잖아, 그 동넨. 우리 회산 요즘 좀 살벌해. 여자도 남자도 서로 손길은커녕 눈길도 안 마주치려고 하지…. 숙이 풋, 하고 짧은 웃음 뒤에 긴 한숨을 매달며 대꾸했다.

그러게…. 어쩌다 울 조상 어머님들의 미토콘드리아는 자손들한테 그런, 해결 안 되는 성질까지 물려주게 됐을까. 근데 우리가 말야, 언젠가 말야, 아이를 갖게 된다면, 요즘 같은 세상을 살아 내기 좋은 건 딸일까 아들일까?

대답 대신 철은 텔레비전 화면을 잠시 응시하더니 끙, 하고 신음 소리를 냈다.

자막에 속보가 떴어, 방금 나왔던 그 친구 자살했대….

▮ 구자명

1997년 《작가세계》에 단편 「뿔」로 등단
소설집 『건달』, 『날아라 선녀』, 『진눈깨비』, 『건달바 지대평』
에세이집 『바늘구멍으로 걸어간 낙타』, 『망각과 기억 사이』

문 페스티벌

엄현주

연습실 창문 너머 반달이 걸려 있다. 비록 반쪽만 남았지만 은은하게 주위를 감싸며 빛을 낸다.

아이돌 그룹 '슈퍼문'의 다섯 아이들은 그 달을 볼 겨를조차 없었다. 땀에 젖은 티셔츠와 구겨진 바지, 헝클어진 머리카락, 지친 표정…. 콘서트가 다가올수록 각자 불만으로 부어오른 얼굴들이 마치 부풀어 가는 풍선처럼 어느 순간 터져 버릴 듯 위태위태했다.

완벽주의자 리더 현우는 짜증을 억누르지 못하고 고함을 쳤다.

"동작이 왜 이렇게 늦어. 박자 좀 맞추자니깐!"

그의 목소리가 연습실 안을 우렁우렁 울렸다, 맏형 태주는 눈을 감고 치밀어 오르는 울화를 꿀꺽 삼켰다. 막내 서준이 또 상처 받을 게 뻔해서 참아야 했다. 곧잘 현우와 부딪치는 둘째 우경은 주먹을 불끈 쥐어 보았다. 이 상황을 잠시 지켜보던 진호는 시선을 내리깔았다.

늘 조용하기만 한 서준은 어느 순간 그를 삼켜 버릴 듯한 공황이 또다시 찾아올 것 같아 습관적으로 심호흡했다. 그럴 때마다 그는 공포에 사로잡히며 자신이 장애인처럼 느껴졌다. 무대 위에서도 다른 멤버들에게 항상 뒷전으로 밀린 기분이 들었다. 팬들이 아무리 환호성을 질러도 그를 위해 쏟아 내는 것 아닌 듯했다. 그는 점점 자신감을 잃어 갔다.

얼마 후, 서준은 끝내 울음을 터뜨리면서 불만을 토로했다.

"나는 왜 항상 뒤에만 서야 해? 왜 내겐 조명을 잘 비추어 주지 않느냐고. 내가 그림자야? 난 더 이상 못 하겠어."

서준의 말 한마디 한마디가 비수처럼 모두의 가슴을 찔렀다. 잠시 숨들을 멈춘 듯 연습실은 고요해지면서 다들 생각에 잠겨 들었다.

우경이 침묵을 깨고 천천히 손을 내밀면서 말했다.

"야, 달 봐! 지금은 반달이지만 초승달이 되기도 하고 보름달이 되기도 하잖아?. 결국 달은 둥글게 차올라. 우리도 똑같아. 합심해서 우린 보름달로 꼭 떠오를 거라고."

진호도 이어 말했다.

"네가 없으면 우리 춤이 완성되지 않아. 무대는 다섯이 함께 채우는 거야."

태주가 묵묵히 서준의 등을 두드려 주었다. 현우는 굳은 얼굴을 풀며 고개를 숙였다.

"내가 너무 몰아붙여 미안하다. 잘하고 싶은 욕심이 앞서서…. 우리가 다섯이 있어야 보름달이 되지. 안 그러냐?"

창문 틈으로 밤바람이 스며들었다. 구름 사이로 반달이 고개를 내밀었다. 서준은 눈물을 닦고 고개를 끄덕였다, 그 순간 다섯 아이의 그림자가 겹쳐 하나의 둥근 원처럼 바닥에 드리워졌다.

며칠 뒤, 콘서트가 시작되자 '슈퍼문' 멤버들은 각자의 포지션에서 온 힘을 다해 안무와 노래를 했다, 환한 조명 아래, 다섯 개의 달이 함께 빛을 내고 있었다, 관객들의 환호가 파도처럼 몰려왔고, 그들은 하나의 달로 차올랐다.

갈등은 언제든 다시 찾아올 것이다. 그러나 그들은 이제 안다. 다섯 개의 달이 모여야 비로소 하늘 높이 떠 어둠을 이기고 세상을 환하게 비추는 큰 달이 된다는 걸.

엄현주

평사리 문학 대상, 법계문학상, 작가포럼문학상, 아르코 창작기금 수혜
창작집: 『투망』, 『불꽃선인장』
장편소설: 「참 좋은 시간이었어요」, 「온화한 슬픔」

하나가 되지 않아도

조데레사

도시의 하루는 한 방향으로만 흐르는 사람들로 가득 찼다. 아침이면 똑같은 출근 인파가 흘러가고, 저녁이면 똑같은 얼굴들이 지쳐 돌아왔다. 직장으로, 학교로, 학원으로, 목표를 향해 일렬로 움직이는 그들의 발걸음은 마치 정해진 선로 위를 달리는 기차 같았다. 그리고 모두 "오늘도 별일 없었지"라고 중얼거리며 다음 날을 맞았다. 미연 역시 그 흐름에서 벗어나지 못한 한 사람이었다. 그녀는 고등학교 교실에서 아이들을 가르쳤지만, 정작 자신의 하루는 누군가 그려 둔 일정표를 그대로 따라가는 듯했다. 출근, 수업 준비, 수업, 교무회의, 학생 지도, 동아리 지도, 담임 행정 업무…. 매일 틀에서 벗어나는 순간은 거의 없었다. 그렇게 흘러가는 날들 속에서, 그래도 의미를 찾을 수 있는 것은 오직 한 사람, 남편 세영이 있기 때문이었다. 남편과는 성격도 취미도 성향도 같지 않았지만, 늘 같은 곳을 바라보려고 애쓰며 서로 부딪히지 않는 것이 배려이고 일치된 삶이라고 생각했다. 하지만 미연은 종종 '우리는 정말 사랑하는 걸까?'라는 질문 앞에서 머뭇거리곤 했다.

창밖을 보니, 가을이 깊어 지고 있었다. 아이들이 하교한 후의 너른 운동장엔 바싹 마른 낙엽만이 무료하게 바람에 뒹굴고 있었다. '또 세월이 가고 있구나….'

문득, 왜 사람들은 모두가 같은 말을, 같은 표정으로, 같은 시각에 반복하며 지내는 것일까?라는 지독한 의문이 들기 시작했다. 그리고 그 의문이 절정에 달한 어느 날 밤, 책상 서랍에서 대학 때 쓰던 오래된 노트 한 권을 발견했다. 낯선 글씨였다.

"시간은 흐르는 것이 아니라, 정해진 방향으로 밀려가는 것이다.

그 흐름을 거스르는 자—역행자는 누구인가?"

같은 과 친구들과 함께 장난처럼 쓴 '명언 남기기' 노트였다. 누구의 글씨인지 알 수 없었지만, 묘하게 자신에게 남긴 메시지처럼 느껴졌다. 그날 이후 미연은 작은 실험을 시작했다. 평소 가던 길 대신 골목으로 돌아갔고, 누군가 인사하면 일부러 다른 질문을 던졌고, 교무회의 시간에 투명 인간처럼 앉아 있던 미연은 교감에게 반박하는 의견을 내기도 했다. 수업 시간에는 정해진 진도 대신 아이들에게 '오늘 하루 다른 선택'을 한 가지씩 적게 하고 수업에 적용했다. 용기 있는 그 변화는 신선하고 새털처럼 가벼웠지만, 미연의 일상엔 작은 금이 생기기 시작했다. 왜냐하면 사람들이 '같은 내일'을 반복하는 이유는 안전하고 합치된 시간 속에서 살기를 원했기 때문이었다. 그날부터 그녀의 하루는 더 이상 정해진 선로를 따라 흘러가지 않았다. 급할수록 멈추고, 때로는 역행하며, 필요하다면 작은 길을 만들기 시작했다. 주변 사람들은 그녀를 완전히 '이질적인 존재'로 인식하는 듯했다. 그렇더라도 그렇게 스스로 방향을 정하는 삶은 이전보다 훨씬 더 단단하고 풍요롭다고 생각했다. 이것이 사실은 삶의 진실일 거라고 어렴풋이 믿었다.

그러던 어느 날, 학교 별관에 있는 큐브 동아리 방을 지날 때였다. 무슨 일인지 형체를 알 수 없는 형상 앞에서 학생들이 언성을 높이며 싸우고 있었다. 미연은 이 동아리의 지도교사이기도 했다.

"너 때문에 이게 뭐야? 괴물이 되었잖아?"

"어째서 괴물이라는 거야? 우리는 예술적 통합을 이루려 했고 우리 각자의 작품을 하나로 합쳐서 이토록 거대한 작품을 만들었는데?"

"네 눈엔 이게 작품으로 보이니? 오만가지 잡동사니들로 뭉쳐진 쓰레기 더미 같잖아. 작품이 엉망이 되었어."

"어쨌든 우린 이 작품을 전시회에 출품할 수 없어."

"그럼, 전시회가 사흘밖에 안 남았는데 작품을 해체하자는 거야?"

"그럼, 어떡해? 우린 망했어."

미연이 창문 너머로 들여다보니, 학생들은 두 부류로 나뉘어, '그래도 우린 예술적 통합을 이루었어'라고 말하며 위안을 삼고 있는 아이들도 있었지만, '이건 통합이 아니야. 쓰레기 더미야'라고 하면서 절망에 가득 차, 소리를 지르며 머리를 움켜쥐는 아이들도 보였다.

지난 동아리 시간에 회의 내용은 이랬다. 동아리 반장인 민호의 의견은 각자의 작품을 전시하는 것은 다양성의 측면에서 좋긴 하지만, 예술적 아름다움의 완성을 위해 통합 예술의

콘셉트로 가자는 것이었다. 그래서 각자의 작품을 만든 후, 합체해 보자는 것이었다. 그렇게 함으로써 더 거대하고 의미 있으며 예술적인 작품이 나올 거라고 말했다. 몇 명의 아이들은 고개를 갸우뚱하기도 했지만, 아이디어도 좋고 이론상 맞는 말인 것도 같아 대부분 동의하는 눈치였다. 그런데 막상 작품을 완성하고 보니 무언지, 무엇을 말하는지 알 수조차 없는 형상이 된 것이다. 미연은 동아리 방문을 열려고 손잡이를 돌리다가 그만두었다.

무거운 마음을 안고 퇴근해 집으로 돌아왔을 때, 웬일로 세영이가 먼저 와 조용히 부엌에 서 있었다. 따뜻한 밥 냄새가 집 안으로 번지고, 두 사람은 말없이 마주 앉아 식사를 했다.

설거지까지 마친 뒤, 미연은 오래도록 마음 한 켠에 묵혀 두었던 이야기를 꺼냈다. 그 용기는 그녀가 택한 역행자의 삶 속에서 길이 막히면 다른 길을 찾고, 마음의 흐름이 멎을 때면 스스로 나누는 법을 배워 왔기에 가능했다.

"우리는 다를 때마다… 늘 누군가가 참고, 누군가는 맞추는 쪽으로 가 버렸던 것 같아. 같은 방향을 보는 게 부부라고 믿었거든."

"그게 사랑이라고, 배려라고 생각했지."

미연은 숨을 고른 뒤 말을 이었다.

"그런데… 혹시 그게, 우리를 더 멀어지게 한 건 아닐까?"

잠시 침묵이 내려앉았다. 눈빛만으로 마음이 오갔다. 부부가 하나가 된다는 건 서로 같은 모양이 되는 일이 아니었다. 서로 다른 속도와 방향을 지켜봐 주며 서로 맞물려 가는 일이라는 것을 이제야 깨달았다. 그리고 말 대신, 두 사람은 서로를 힘껏 껴안았다.

교내 동아리 전시회가 열렸다. 큐브 동아리 회장인 민호는 어제도 지도교사인 미연에게 찾아와 '선생님이 나서지 않으면 자신들의 작품을 전시할 수 없을 거 같다'고 말했다. 하지만 미연은 끝까지 직접 나서지 않았다. 다만 아이들 스스로 해결할 수 있으리라는 믿음을 가졌다.

큐브 동아리 부스엔 유난히 많은 아이가 웅성거리고 있어, 작품이 제대로 보이질 않았다. 언뜻 보니, 사흘 전에 보았던 거대한 큐브 모형에서 크게 달라진 것이 없는 듯했다. 미연은 아이들 사이를 비집고 들어가 고개를 빼고 작품의 제목을 읽었다.

제   목: 통합의 길 - 인정의 길

작품 설명: 우리 중에 누군가는 느리게 걷고 누군가는 빠르게 걸었지만, 한발 앞서 걷는 사람은 뒤를 돌아 기다릴 줄 알았고 뒤에 서 있는 사람은 스스로의 발걸음을 부끄러워하지 않았다. 그렇게 각자의 시간이 끊어지지 않은 채 비로소 길은 하나의 방향이 되어 조용히 이어졌다.

아이들을 믿었던 미연의 기대는 그렇게 실현되고 있었다.

▌조데레사

논술교사. 한국미니픽션작가회 회원. 2019년 한국미니픽션작가회 신인상 수상. 무크지 『미니픽션』에 「새벽 6시」, 「기적을 이루는 사람들」, 「달팽이의 꿈」 등 작품 발표.

지구가 돌고 있는 이유

김혁

지구는 산업화 이후로 움직임이 점차 느려졌지만, 자전과 공전을 정상적으로 하고 있다.

이유를 알고 보니, 인간들의 끝없는 탐욕과 지독한 이기심과 불타는 경쟁심 때문이었다.

벽이 투명해서

이지희

팀장님, 아까는 찰떡캡[2]이셨어요. 저랑 차 한잔하실래요? 새침한 신입사원 강민지가 상냥하게 다가온 건, 부장과 휴가 문제로 한바탕 설전을 벌인 직후였다.

'신입이 무슨 휴가냐'는 부장의 꼰대질에 '잘 쉬어야 일을 더 잘한다'며 맞선 그녀를 내가 요령껏 중재한 덕분이었다. 나는 이른바 '낀대(끼인 세대)'다. 구시대적 부장과 당돌한 Z세대 사이에서 '쿨한 선배'로 남고 싶어 신조어 공부까지 마다치 않는 처량한 중간관리자.

"팀장님, 뜨아죠? 전 아바라[3]요."

---

2 어떤 상황이나 맥락을 찰떡같이 캐치한다는 뜻으로 눈치 빠르게 상황을 파악하고 정확하게 대응한다는 뜻

3 아이스바닐라라떼

카페에 앉은 강민지는 입술을 얄기죽거리며 웃었다.

기간제 신입사원 채용 면접 때 어떻게 지원하게 되었는지 묻는 면접관에게

"갑통알[4]이라서요."라고 뚱딴지 같은 말을 해서 유명해진 그녀. 그때부터 그녀는 신조어 쓰는 여자로 통했다.

강민지는 라떼가 나오자마자 부장 흉내를 냈다.

"라떼는 말이야.[5] 후후, 우리 부장님 단골멘트죠."

나는 사뭇 진지해졌다.

"여기는 기간제 직원이 알바 개념 아니야. 열심히만 하면 정직원이 되는 거 알지? 부장님이 그래도 민지씨 잘 보고 계시고."

"팀장님, 저는 조언보다 팩트를 원한답니다." 강민지는 진지를 벗겨 내더니 당돌하게 대꾸했다. "팀장님, 저는 남자친구도 없는데 쓸쓸비용[6]을 벌어야 하지 않겠어요? 정직원이든 기간제든 무조건 열심히 할 겁니다. 여기 근무하는 동안만이라도 투명방음벽 유리면 장애표식 개발이 받아들여질 수 있

---

4 '갑자기 통장을 확인하고 나서, 알바를 해야겠다는 생각이 든다'의 줄임말
5 기성세대가 '나 때는 말이야'라고 자신의 경험이나 사고를 현재 세대와 비교하는 것을 비꼬는 말로 라떼 드립이라고 함.
6 쓸쓸함을 달래기 위한 비용

도록 노력은 해 볼 거예요. 그러니까, 제가 가끔 분깨미[7]여도 좀 봐주세요."

애매모호한 신조어에 정신이 혼미해질 즈음, 나는 화제를 돌려 휴가 때 뭐할 거냐고 물었다.

"뭐… 죽음을 주우려구요."

죽음이라니? 신조어도 아닌 섬뜩한 말에 나는 부아가 치밀어 대화를 서둘러 끝냈다. "그만 일어납시다. 민지씨, 투명창에 작은 간격으로 붙일 패턴 스티커 추가 주문한 것 확인 좀 해 줘요."

나는 건물 옥상으로 올라가 담배 한 개비를 꺼냈다. 뭔가 도움 되는 말이라도 해 줘야지 생각할수록 강민지와의 대화는 트적지근하게 꼬이는 느낌이었다. 조언도 시간이 짧으면 관심이고, 길면 간섭이라던데, 그나마 거기까지 얘기하고 멈춘 게 오히려 다행이라 여겨졌다. 위를 올려다보니 낮은 뭉게구름이 하늘을 가로지르며 떠다녔다. 바람에 떠밀려 속수무책으로 움직이는 것 같았다. 공단 3층 창문으로 봤던 뭉게구름과 옥상 끝에서 수직으로 바라보는 뭉게구름은 어딘가 달

---

7 좋은 분위기나 원활한 대화 흐름을 깨뜨리는 사람을 지칭(분위기 깨서 미안)

랐다. 해가 있는 쪽에서 보느냐 그늘이 진 쪽에서 보느냐에 따라 어둡기도 하고 하얗기도 한 것일까. 정작 가까이서 구름을 오래 들여다보니 얼마나 많은 물방울들이 저 속에 있을까 생뚱맞은 궁금증이 일었다. 그래, 저 물방울들은 햇빛이 구름을 통과하지 못하게 꽉 막고 있겠지. 순간 강민지가 했던 말이 떠올랐다. "저 투명방음벽이 새들의 당연한 권리를 꽉 막고 있다구요!" 외곽아파트와 산해공원이 맞물려 끝나는 대각선 길 쪽으로 옹글게 서 있는 투명 방음벽이 눈에 들어왔다. 삼 개월 전 우리 공단이 환경 정책과와 협력해 이뤄 낸 최대의 성과물이었다. 운전자 시야 확보와 소음저감으로 뉴스까지 탔던 그 벽. 뭐가 불만인지 볼이 오동오동 부어 있는 사람은 강민지뿐이었다.

"얼마나 많은 새들이 지금도 저 투명 방음벽에 부딪쳐 죽어가는 줄 아세요?"

강민지는 교차 방음벽을 투명 방음벽으로 바꾸는 것에 혼자 동의를 하지 않았고, 표식이 없는 저반사 유리 사용에도 또 반대를 하고 나섰다. 신입인데도 불구하고 맹금류 스티커를 조밀하게 붙이는 제안이라든가, 고정식 차양 등 조류 친화적 대안을 수도 없이 냈지만, 예산 문제에 밀려 묵살당했다.

"스티커 있어도 새는 죽어요. 무서워 피해 갈 거라는 건 인간만의 생각이죠."

그녀의 낮은 목소리가 귓전을 때렸다. 조용한 저 투명 방음벽은 그저 용렬하게 존재할 것이다. 그림자 형태를 붙이든, 홀로그램을 붙이든 벽은 그 자체로 벽이었다.

현장을 둘러보기로 했다. 새들이 유리를 장애물로 받아들일 수 있게 버드세이버 간격 문제를 논의하려면, 투명창 반사의 정도를 확인해야 했다. 휴가 중인 강민지가 사무실로 돌아오면 공단이 새들과의 친화적 해법에도 관심을 갖는다는 것을 보여 줄 요량이었다.

산책이나 트레킹을 하는 사람들 사이로 풍경의 일부에 지나지 않았던 투명 방음벽이 유독 도드라져 보였다. 그 앞에서 쪼그려 앉은 여자를 발견한 것은, 도로시설과장과 철새도래지 이야기를 마무리하던 참이었다. 그녀는 가랑잎같이 버석이는 죽은 멧비둘기의 깃털을 하염없이 쓰다듬고 있었다. 근처 보행로 구석에는 박새 한 마리가 날개가 꺾인 채 버둥거리고 있었다. 날개는 이미 제 빛깔을 잃어가고 있었다. 부리에 깃털 몇 장을 물은 채였다, 둥지를 지으려 하다 벽을 만났구나. 나는 볕이 잘 들었을 둥지를 상상했다. 여자가 멧비둘기와 박새를 고이 안아 얇은 수건으로 조심스레 감쌌다. 간헐적 들숨으로 흐느끼며 죽은 새들의 눌린 깃털을 정돈하는 여자, 강민지였다.

부서지기 쉬운 연약함을 지닌 채, 죽은 생명을 줍는 고독한 패각. 나는 그녀의 이름을 부르려다 그만두었다. 그저 그 슬픈 의식을 머슬머슬하게 바라볼 뿐이었다.

그녀는 '신조어(新造語) 쓰는 여자'가 아니었다. 인간의 벽에 가로막힌 **숨탄것**의 비명을 통역하는, 신조어(新鳥語 - 새로운 새의 말)를 전하는 여자였다.

▍ **이지희**

시인, 방송 시나리오 작가
23년 대구문화재단 선정 발간 시집 『아침수건을 망각이라 불러야겠어』
21년 아르코 작품(시) 선정

고물상 풍경

남명희

마당에 널브러진 폐지들을 주워 폐지 더미 위로 휙, 휙 던지자 바람이 종이 사이를 스치며 사각거렸다. 소주병과 맥주병은 커다란 마대 자루에 꽉 채워 창고에 세워 두었다. 한차례 부지런히 힘을 쓴 박 군은 흰 목장갑을 낀 손등으로 이마의 땀을 닦았다. 햇볕에 그을린 구릿빛 피부와 검은 머리카락의 그는 고물상에서 잡일을 한지도 어느새 10년이 다 된 젊은이다. 그때 리어카를 끌고 들어오는 할머니가 보였다.

"어머니, 오늘은 얼마나 갖고 오셨어요?"

할머니가 끌고 온 리어카에는 차곡차곡 접힌 박스가 가득 실려 있었다.

"이보게 젊은이, 시세 좀 잘 쳐줘. 오늘은 얼마여?"

"킬로에 육십 원!"

그가 전자저울 위에 빈 박스와 폐지 뭉치를 올려놓자 계기판에 빨간 숫자 '30kg'이 찍힌다.

"에게, 이천 원도 안 되네. 다른 데는 칠십 원 쳐준다는 데… 쯧쯧."

혀를 차는 할머니의 말에, 사장이 폐지로 쌓은 움막 사무실에서 고개를 내밀며 소리쳤다.

"야, 야! 박 군, 할매하고 그만 노닥거리고 계산이나 빨리해. 다른 데로 가겠다면 리어카 반납하고 그리로 가라고 해!"

그러자 박 군이 리어카 손잡이를 잡으며 말했다.

"사장님이 또 성질나셨네. 여기 싫으면 다른 데로 가세요, 어머니."

그러면서 그는 장난기 섞인 표정을 지으며 씨익 웃었다.

"아따, 그냥 해 본 소리여. 리어카 빌려줘서 얼마나 고마운디."

박 군이 어머니라고 부른 할머니를 처음 만난 건 지난 봄이었다. 어둠이 짙게 내려앉은 저녁 무렵에도 폐지를 줍는 사람의 그림자가 있었다. 때마침 그는 고물상 일을 마치고 집으로 가던 중이었다. 가까이 가 보니 족히 70은 넘어 보이는 할머니였다.

"어머니, 어두운 밤에도 이 일을 하세요?"

어렸을 적에 혼자 집을 나왔다가 길을 잃고 보육원에서 자란 그는 나이 많은 사람은 모두 아버지, 어머니라고 부르는 게 습관이 되었다.

"아무렴. 이 시간에 와야 박스가 쌓였어. 조금 늦게 오면 다른 사람이 다 가져가고 없어."

할머니는 파스타 가게 앞 박스 더미를 챙기며 활짝 웃었다. 10여 년 전부터 폐지 줍기를 해 오고 있다는 그녀는 언제, 어디에 가면 폐지를 주울 수 있는지 훤히 내다보고 있는 것 같았다. 쇼핑용 소형 캐리어에 박스를 담던 그녀는 그가 들으라는 듯 말했다.

"아까워. 이게 작아서 박스를 다 못 담아."

그녀는 길바닥에 널브러진 박스를 보며 한숨을 쉬었다. 그는 할머니의 말이 마음에 걸렸다.

"내일 개천가 모아모아 고물상으로 오세요. 구청 뒤에 있으니 찾기 쉬워요. 리어카 하나 빌려드릴게요."

"고맙긴 한디, 젊은이가 어떻게 리어카를 빌려주겠다는 거야?"

그러면서 할머니가 그의 얼굴을 바라보았다.

"저, 거기서 일해요. 내일 꼭 오세요."

언젠가부터 마당 한쪽에 고물 리어카 한 대가 서 있었다. 박 군은 사장에게 그 리어카를 자기에게 달라고 했다. 사장은 어디에 쓰려고 하느냐며 건성으로 묻고는 그에게 마음대로 하라고 했다.

"젊은이. 고맙네."

그러면서 그녀는 도로 좌우를 살피며 잠시 서 있었다. 어느 순간, 차량의 통행이 뜸하자 잽싸게 도로를 무단횡단한 그녀는 캐리어를 끌고 쏜살같이 건너편 골목 안으로 사라졌다. 신호등도 없는 어두운 길인데 아찔한 찰나였다. 할머니 발걸음이 어찌나 빠른지 그가 말릴 새도 없었다.

"야, 박 군아, 할매가 갖고 온 폐지 얼마나 되니?"

"삼십 킬로, 천팔백 원!"

그는 사무실 쪽을 향해 힘껏 소리쳤다. 그러고는 계측이 끝난 박스와 폐지를 산처럼 쌓인 폐지 더미 위로 휙, 휙 바람 소리를 내며 던졌다. 마흔 살에 고물상 업계에 뛰어든 사장은 지난 20여 년간 성실히 일하며 꽤 돈도 많이 벌었다. 박 군은 업계에서 성공한 사람으로 알려진 사장을 멘토로 삼아 은근히 자기도 고물상을 운영해 보고 싶었다.

"알았어. 오늘 이만 마무리해라. 나 은행 다녀와서 삼겹살에 소주 한잔하자.”

할머니에게 폐지 값을 건네준 사장은 빠른 걸음으로 사무실을 나갔다. 할머니가 빈 리어카를 끌고 마당을 나서려는데, 박 군이 불렀다.

“어머니, 잠깐만요.”

그는 냉장고에서 박카스 한 병을 꺼내 들고 할머니에게 달려갔다.

“잠시 여기 소파에 앉아 드세요. 힘 내시라고요.”

“허허, 별일이여. 고맙네.”

잠시 후, 사장이 들어오며 박 군을 불렀다.

“야, 박 군아. 화덕에 불 지펴라. 삼겹살 여기 있다.”

그때, 마당 한쪽의 소파에 앉아 있는 할머니를 보고 사장이 말했다.

“어, 할매 아직 안 가셨네. 점심도 못 하셨죠? 이왕 저녁때가 다 되었으니 고기 한 점 드시고 가요.”

“아니, 난 괜찮아.”

“아이, 괜찮긴요. 박 군이랑 저랑 고기 맛있게 구울 테니 같이 드세요.”

세 사람은 고물상 마당에 자리를 펴고 앉았다. 녹슨 드럼통

화덕에 연기가 피어오르고, 불판 위에서는 삼겹살이 지글지
글 익었다. 박 군이 젓가락으로 고기를 뒤집으며 웃었다.

"우리 사장님은요, 고기 구울 때만큼은 최고예요."

할머니도 따라 웃으며 말했다.

"나도 옛날에 식당에서 삼겹살 굽던 사람이여."

"할매요, 리어카 걱정 말고 고기 많이 드세요."

사장도 유쾌하게 웃으며 할머니에게 맞장구를 쳤다. 세 사
람의 웃음 속에 마당 한쪽에 쌓인 폐지가 노을빛을 받아 금빛
으로 물들었다.

▌남명희

2014년 『문학나무』에 「이콘을 찾아서」로 등단. 2014년, 2015년 《경북
일보》 문학대전상 수상. 소설집 『자밀』, 미니픽션집 『당신은 GPS로 추
적을 받고 있습니다』, 산문집 『시베리아 횡단 열차는 기다리지 않는다』

이상한 개를 데리고 있는 남자

이성우

아우우우, 아우우우, 오늘도 어김없이 개들의 집단 하울링이 시작되었다. 정확히 오후 여섯 시, 개들의 배식 시간이다. 생존 본능에 근거한 때문인지 그들의 외침은 거의 오차가 없었다. 하울링 소리를 들은 개들은 하울링을 하며 침을 흘리고 집사들은 배식을 하며 침을 흘렸다. 하지만 별똥별 아파트 주민의 절반은 귀를 막았다.

별똥별 아파트 ABC동에서는 거의 하루 종일 개 짖는 소리가 들렸다. 집단 하울링에 참여하지 않는 주민들은 뭔지 모르게 일상생활이 불편했다. 개 산책을 함께 가자며 이웃이 수시로 찾아왔다. 우편물이 자주 없어지고 사소한 일에도 마찰이 생겼다. 그러면 누군가 넌지시 강아지를 입양하면 모든 게 좋아질 거라고 알려 주었다.

별똥별 아파트 ABC동이 개판이라면 EFG동은 고양이 천국이었다. EFG동의 거주민들은 애묘인이라는 자부심이 강했다. 새침한 고양이처럼 항상 조용히 걷고 산책을 가기보다는 카페에 앉아 수다를 떨었다.

개들에게 하울링이 있다면 고양이들은 한밤의 공포를 만들어 냈다. 어떻게 집을 탈출했는지 EFG동 주변에는 길고양이처럼 사는 아이들이 많았다. 녀석들은 밤이면 영역 다툼을 하거나 암컷을 차지하기 위해 괴성을 지르고 소란을 일으켰다. 가출 고양이의 절반 정도는 집사들의 노력으로 귀가했지만 나머지는 길에 남았다.

개와 고양이가 상극인 것처럼 ABC동과 EFG동 사람들은 서로를 싫어했다. 단지 내에 조성된 산책길을 반으로 나누어 쓰자는 제안도 있었다. 하지만 개와 고양이보다 중요한 것이 아파트의 가치였다. 그렇지 않아도 크지 않은 아파트단지가 둘로 쪼개진다면 집값의 하락은 불 보듯 뻔했다.

여름이 가고 가을바람이 불자 별똥별 아파트에도 조금씩 변화가 일어났다. 새로운 사람이 들어오고 누군가는 떠나갔다. 주민들은 누가 이웃이 되는가보다 개와 고양이에 더 관심을 가졌다. 개동으로 고양이가 들어오면 어찌되겠는가? 반대의 경우도 마찬가지였다.

다행인지 ABC동 이주민은 모두 개를, EFG동 이주민은 모두 고양이를 키우는 사람들이었다. 알게 모르게 아파트에 대한 소문이 퍼진 때문인지도 몰랐다.

별똥별 아파트는 주변에 비해 시세가 낮았다. 아담한 산을 등지고 가깝게 역을 바라보는 멋진 위치를 고려하면 이상한 일이었다. 거주민들은 한결같이 아파트가 반려견의 천국이 되거나 반려묘의 유토피아가 되면 달라질 문제라고 생각했다. 개파는 고양이파를 고양이파는 개파를 원망했다.

딩동, 띠리리링, 딩동 벨을 누르자 문 안쪽에서 개 짖는 소리가 들렸다. 문 앞에서 촉각을 세우고 있던 C동의 동대표 김여사는 안도의 한숨을 내쉬었다. 404호의 새로운 입주민은 개파임이 분명했다. 기회를 잡아 함께 개산책을 시키며 친목을 다진다면 당분간 걱정거리가 없을 것이다. 다음 날 김여사는 504호와 함께 다시 404호를 방문했다. 벨을 누르자 역시 개 짖는 소리가 들렸다. 하지만 문밖으로 나오는 사람은 없었다. 다음 날도 그다음 날도 개가 짖을 뿐이었다.

새 입주민에 대해 김여사가 아는 것은 혼자 사는 40대 중반의 남자라는 것밖에 없었다. 수소문을 해 보았지만 C동 주민 누구도 그나 그의 반려견을 보았다는 이는 없었다. 404호에 대한 김여사의 의심은 점점 커졌다.

김여사는 5층으로 올라가는 계단에 쪼그려 앉아 잠복하듯 404호를 기다렸다. 멀리서 길고양이들의 앙칼진 울음소리가 들렸다. 눈을 부릅뜨고 엘리베이터를 노려보고 있자니 조금씩 눈꺼풀이 무거워졌다. 시간이 얼마나 흘렀을까 쾅 문이 닫히는 소리에 잠에서 깬 김여사는 다급하게 404호의 문을 두드렸다. "여보세요! 여보세요! 404호!" 김여사의 거친 행동에 문을 열고 나온 남자의 얼굴이 구겨져 있었다. 하지만 김여사는 남자의 얼굴에는 관심이 없었다. 개를 확인하는 것이 중요했다.

"제가 여기 동대푠데요. 꼭 얼굴 뵙고 말씀드릴 게 있어서 기다리고 있었어요."

"아, 네… 그런데 무슨 일로?"

남자의 뜨악한 반응에 아랑곳없이 김여사는 개산책을 함께 하기를 권유했다. 물론 공동체 문화를 중요하게 생각하는 아파트의 역사와 배경에 대한 설명도 빠트리지 않았다. 남자는 자기 개는 산책이 필요하지 않다고 했지만 구태여 거절하지도 않았다. 그는 주말에 시간을 내기로 약속했다. 김여사는 개에게 하루의 산책이 얼마나 중요한지 남자에게 꼭 알려 주고 싶었다.

주말이 되자 김여사는 C동의 개엄마들을 대동하고 404호를

방문했다. 초인종을 누르자 문이 열리고 씽쓱씽쓱거리며 404
호의 개가 걸어 나왔다. 404호의 개는 말티즈도 진돗개도 아
니었다. 그 개는 로봇개였다. 사람들을 보자 개가 짖으며 꼬
리를 흔들었다.

"제 개는 큰 개부터 작은 개 소리까지 다 낼 수 있어요." 404
호 남자가 로봇개의 장점을 쉴 새 없이 떠들어댔지만 김여사
의 귀에는 아무것도 들리지 않았다. 얼떨결에 개산책에 동참
한 사람들도 당황하기는 마찬가지였다. 하지만 누구도 이의
를 제기하지는 않았다. 그만큼 C동의 개순수함이 중요했다.

로봇개는 능숙하게 산책로를 활보했다. 가끔씩 보이는 고
양이를 보고도 짖지 않았다. 주인과 함께 뛰고 재주를 넘기도
했다. 로봇개의 등장에 아이들이 관심을 보이자 고양이동의
주민들까지 모여들었다. 로봇개는 사람처럼 말하기도 하고
고양이 소리를 내기도 했다. 404호 남자의 반려견 도그로이
드1004 똘똘이는 그날로 별똥별 아파트의 스타로 등극했다.
로봇개를 반려견으로 인정할 수 있느냐에 대한 논쟁이 있었
지만 개순수함을 포기할 수 없었던 김여사의 강력한 옹호로
빠르게 결론이 났다.

어떻게 알았는지 사정상 반려동물을 키우기 힘든 새 입주
민들은 로봇개나 로봇고양이를 집으로 들였다. 아파트로 들

어오는 로봇들이 늘어나면서 개들의 집단 하울링은 힘을 잃기 시작했다. 기계음을 싫어하는 예민한 고양이들도 하나, 둘 아파트를 떠났다.

주민들이 변화의 격동에 휘말려 있는 사이 별똥별 아파트는 새로운 반려동물 문화의 메카로 유명세를 탔다. 아파트의 인기에 편승해 주민들은 하나 둘 로봇반려동물을 입양했다. 봄이 되자 별똥별 아파트는 산책로를 활보하는 기묘한 로봇들로 넘쳐났다.

띠리리리리 리리리링 띠리리리링 별똥별 아파트에는 이제 하루 세 번 알람이 울린다. 3교대로 이루어지는 로봇들의 충전 시간이다. 고장 날 듯 깜빡이는 아파트의 불빛이 시세만큼 치솟은 김여사의 어깨를 무겁게 짓누른다.

▌이성우

미니픽션 작가
제2회 부엉이 철학 동화상 수상
동화 「선글라스를 낀 개구리」, 「모음이 이야기」, 그림책 「여우의 꿈」

푸른 눈의 해피

남명희

해피는 녹내장을 앓고서 한쪽 눈의 시력을 완전히 잃었다. 보호자는 안구에 실리콘 볼을 넣는 대신 의안을 달아 주기로 했다. 그러나 해피의 원래 눈 색깔인 푸른 색 의안을 구할 수가 없었다. 결국 보호자는 자신의 눈을 이식해 주었다. 안대를 한 그는 계단을 내려갈 때면 한쪽 눈을 유난히 크게 떴다.

세상을 아름다운 컬러로 보게 된 해피는 행복했다.

오크라

안영실

'저 불여시 같은 년 좀 보소! 여남은 개 남은 걸 기어이 팔겠다고 저 눈꼬리 내리고 웃는 꼬라지 좀 보라니. 처음부터 자리를 내주지 말았어야 했는데. 내 발 내가 찧은 꼴이여. 저년이 온 후론 영 손맛이 없으니…'

순남은 제니를 곁눈으로 흘기며 혼잣말을 꿀꺽 삼켰다. 순남 앞에는 꽈리고추며 냉이, 껍질 벗긴 고구마 줄기가 제법 많이 남았는데, 제니 앞에는 열 개 남짓 되는 오크라만 담겨 있었다. 가져온 물건을 다 팔고 손 훌훌 터는 손맛을 느껴 본 지가 언제인지, 순남의 시름이 깊어질수록 제니의 목청은 더 커졌다.

"아주마, 아주마! 떠리 드리께, 사 가!"

제니는 지나가는 여자의 치맛자락이라도 잡을 듯이 엉덩이까지 들썩거렸다. 순남은 오크라가 담긴 파란색 바구니를 또 쳐다보았다.

'내가 오크라 좋아하는 걸 다 아는 년이, 돈이 아무리 좋아도 그동안 내가 저한테 한 게 얼만데, 남은 거 몇 개 줄 인심도 안 난단 말이여? 그려, 다 팔아 떼돈 벌겠네! 영감탱이만 아니었으면 저 자리를 내주진 않았을 거여.'

순남은 찐 오크라의 촉촉하고 부드러운 맛을 떠올리며 입맛을 다셨다. 저절로 눈이 흘겨지는 마음을 추스르면서 순남은 하늘로 고개를 돌렸다. 빼어나게 환한 구름이 몽실몽실 떠 있었다. 뼈만 남았던 남편의 마지막 모습이 구름 위로 둥실 떴다. 공연히 눈꼬리가 촉촉해진 순남은 꽈리고추가 담긴 검정 비닐을 건성으로 매만졌다.

"만약에 거기서 사람이 찾아오거들랑 거둬 줘."

남편이 유언으로 말한 '거기'란 베트남을 이르는 말이고 '사람'이란 그곳에서 찾아올지도 모르는 어떤 '여자'였다. 젊은 시절 남편은 베트남전에 출전했다. 전쟁이 끝나고 부대가 갑자기 귀국하게 되었을 때, 인연을 맺었던 여자와 헤어지게 되었다고 했다. 그는 한국에 돌아와서도 백방으로 그 여자를 찾으며 연락을 기다렸다. 당시 아이를 임신하고 있던 여자는 그가 도망갔다고 생각했는지, 찾아도 소식이 없었다. 세월이 지나 늦은 나이에 순남과 결혼한 뒤에도 그는 언론에서 '라이따이한'을 언급하면 우울한 얼굴을 했다.

"내 어마는 라이따이한[8]이야. 나쁜 아이라고 해써. 어마는 살기 힘들어써. 일자리도 없고 아빠는 술 많이 마서, 어마를 때려. 나 학교 못 가. 베트남 한국공장 일했어. 한국 사람 만나서 여기 왔어. 남편, 기계에 손가락이 잘려써. 보상금 작아. 남편 돈 안 벌어. 나 때려. 아이 데리고 나왔어. 나 애 키워. 여기서 장사하게 해줘."

제니가 그렇게 말했을 때 순남은 남편이 평생 기다렸던 '그 여자'를 떠올렸고, 선선히 자리를 내주었다.

그 사이에 오크라를 다 판 제니가 밝은 얼굴로 물었다.

"할매, 할매 고추 왜 만이 남아써?"

"너 때문이다. 네가 옆에서 신나게 팔아 치우니 그렇지!"

결국 속마음을 내놓고 된소리를 지르고만 순남이 머쓱한 얼굴로 제니를 바라보았다. 제니의 동글납작한 얼굴에 웃음기가 가셨다.

---

8 베트남전에서 한국군인과의 사이에서 낳은 아이를 이름. '적군의 아이'라는 뜻.

"할매는 무슨? 요즘 육십 먹은 사람에게 할매라고 안 한다!"

얼굴이 화뜩해진 순남이 고개를 돌렸지만, 제니의 눈을 피하지는 못했다.

"아이, 아주마 아주마, 내가 몰라써요. 아주마 얼굴 왜 빨개?"

"그래 원숭이 똥꾸녕이라 빨갛다."

"원숭이가 모? 왜 빨개? 갑자기?"

내가 말을 말아야지. 순남이 마음속에 피어오르던 불길을 끄고 말했다.

"어서 들어가!"

"아주마, 나 먼저 가께."

오동통한 엉덩이를 실룩거리면서 멀어지는 제니를 바라보다가 순남이 머리를 흔들었다. 앙큼한 년, 나도 내일부턴 씨 알도 없다!

다음 날 제니가 싸 온 도시락에 찐 오크라가 잔뜩 들어 있는 것을 보고 순남은 절로 웃으며, 요 귀여운 여시 같은 년, 하고 중얼거렸다.

"아주마! 나 이제 안 온다. 건물 청소한다. 청소부 취직해써. 돈 마이 벌어야 베트남 딸 데려온다. 아주마, 장사 잘해. 아프지 말고."

"아프긴 왜, 내가 뭘? 그나저나 이젠 옆자리 허전해서 어쩐댜!"

"내년에 오크라 또 가꼬 오께. 됐지?"

"됐지는 돼지 반지여."

"반지? 돼지가?"

"오크라 맛있다. 조금만 더 익혀도 죽이 되던데 잘 쪘네."

순남은 환하게 웃으며 젓가락을 흔들었다.

▌안영실

문화일보 중편『부엌으로 난 창』으로 등단. 소설집『큰 놈이 나타났다』, 『화요앵담』, 『설화』 출간. 박인성문학상, 성호문학상, 김포문학상, 문학 비단길 작가상, 한국소설가협회 작가상, 이민호문학상 수상.

효자 다리

박동섬

보훈 병원 6인실, 상이군인 김 노인은 배에 늘 불룩한 띠 뭉치를 감고 있었다. 주사를 놓던 간호사가 회진하는 의사에게 이를 알렸다.

"할아버지, 배에 두른 게 뭐예요? 답답하시겠어요."

주치의의 물음에 김 노인은 주변의 눈치를 살피며 몹시 겸연쩍어하면서 답했다.

"아들놈이 통장 비번을 알아내서 돈을 뺏어 가려 합니다. 그래서 현금 다발을 배에 묶어 둔 거요."

김 노인은 약간 상기된 표정을 지으면서 말을 이어 갔다.

"돈 없으면 차가운 길바닥에서 객사합니다."

그러고는 설움에 복받쳐 아기처럼 펑펑 울며 말했다.

"내가 아들만 셋을 낳았지만 어느 한 놈도 홀아비를 모시려

하지 않소. 믿을 건 돈밖에 없어요."

주치의는 안쓰럽다는 듯 김 노인을 위로하였다.

"할아버지, 병원에 계시는 동안 치료 잘 받으시고 편안하게 지내세요."

김 노인은 휴게실에서 6·25 전쟁 무용담을 늘어놓는 게 유일한 낙이었다.

"중공군이 징을 치며 떼거리로 내려올 때, 내가 기관단총으로 따다다다 갈겼다 아이가! 이 왼쪽 다리도 그때 폭탄 파편에 맞아 날아갔었지." 김 노인은 때때로 창문을 향해 기관단총 발사 시늉을 하며 소리 질렀다. 그래야만 답답한 마음이 조금이라도 풀리는 것 같았다. 김 노인은 왼쪽 다리를 가리키며 비장하게 말했다.

"자식새끼들 다 소용없다. 이 잘린 다리가 효자인 기라. 잘린 왼 다리 덕분에 보훈대상자로 여태껏 밥 먹고 살았다."

김 노인은 옆에서 옆자리 박 노인에게 따지듯이 물었다.

"박 영감에겐 효자 자식이라도 있어요?"

박 노인은 치매 증상이 있는데, 아들 얘기만 나오면 언제 그랬냐는 듯 말짱하게 제정신이 돌아왔다.

"내 큰아들은 최고의 명문고와 법대를 졸업했지요. 지금은 미국 뉴욕에서 국제변호사로 활동하고 있어요. 며느리도 변호사고."

　"아들에게 보내 줘. 아들 보고 싶어." 박 노인은 아들 집으로 가겠다며 짐 보따리를 사서 병실을 나서기도 하였다. 박 노인은 아들과 손자들이 보고 싶은지 침상 머리맡에 가족사진을 두고 늘 손으로 어루만지곤 했다. 얼마 후, 박 노인은 병세가 악화되어 보훈 병원 영안실에 차갑게 누웠다. 박 노인의 부음 소식을 들은 미국의 큰아들 내외가 급거 귀국했고, 자식들이 전부 한자리에 모였다. 박 노인의 큰아들은 동생들에게 장례비용 등 일체의 경비는 걱정 말라며 위로했다. 금발의 미국인 며느리는 검은 선글라스를 쓴 채 장례식장에서 서성거렸다. 검은 선글라스에 눈동자는 보이지 않았지만, 얼굴 표정과 입 모양은 유족의 슬픈 감정 따위는 없어 보였다.

　박 노인이 죽은 후, 얼마 지나지 않아 김 노인도 뒤를 따랐다. 김 노인은 못다 푼 원한이 맺혔는지 눈을 뜨고 죽었다. 임종 순간까지 나타나지 않았던 자식들은 마피아 조직처럼 검은 세단을 몰고 나타나 장례식장을 어슬렁거렸다. 장례식장에서 아들과 며느리들은 옥신각신 언쟁을 벌였다. 둘째 아들 내외가 맏형에게 대들자 김 노인의 영정 사진이 눈을 부릅떴다.

　"맏이가 아버지를 제대로 모셔야지 큰형은 지금까지 뭐했습니까?"

아들들은 김 노인이 남긴 유산 문제를 놓고 말싸움을 했다. 말티즈를 품에 안고 있던 막내며느리가 입을 열었다.

"아버님이 남긴 아파트와 땅은 당연히 1/N 해야 합니다만, 제가 막내며느리임에도 아버님을 몇 년 동안 보살폈으니, 그도 보상을 해 주셔야 합니다."

그러자 큰아들이 소리쳤다.

"내가 대학 졸업 후, 취직해서 너희들 공부시키고 생활비도 보탰다!"

이번에는 둘째 아들이 소리 질렀다.

"큰형과 막내는 대학 공부도 했지만, 나는 대학도 안 다녔고 공부한다고 학비 가져간 거 별로 없다. 일찍 생활전선에 뛰어들어 집안에 보탬이 된 나는 뭐라 말이고!"

하얀 털이 뽀송뽀송한 말티즈는 영문을 모른 채 찡찡거렸다. 막내며느리는 말티즈에게 개 간식을 주며 달랬다.

"아이쿠, 요 녀석 그새를 못 참고. 엄마가 맛있는 거 줄까? 호호호."

향로에서 피어오른 연기가 김 노인의 부릅뜬 눈을 슬그머니 가려 주었다.

┃ 박동섬(본명 박병구)

월간 《문학세계》 시, 《아동문예》 동시, 《나래시조》 시조, 《영호남수필》
수필 등단. 시집 『엄마 소녀』, 미니픽션 공저 『새벽 두 시의 남자』, 『푸른
기억의 퍼즐』, 『카멜레온의 노래』

어느 공연장 외

로길

| 어느 공연장 |

노래와 침묵이 하나의 무대에서 부딪혔다. 먼저 침묵이 자신의 존재를 강하게 드러냈다. 공연장 구석부터 천장까지, 좌석 사이사이 침묵하지 않은 곳이 없었다.

잠시 후 노래가 기지개를 켰다. 이내 침묵의 뺨을 때리고 밀치더니 관객에게 달려가 온갖 아양과 재롱을 떨고 연기를 펼쳤다.

자기애에 심취한 노래가 공연을 마치고 지쳐 무대 위에 쓰러졌다.

침묵이 노래를 살며시 감싸안았다.

박수갈채가 쏟아졌다.

| 빈 책상 위에서 |

그가 작은 두 종이에 '우물쭈물'과 '좌절'을 적었다. 그리고 다른 종이에 '무질서', '난잡', '적대'를 또 적었다. 고개를 갸우뚱하더니 '무기력', '배설', '허기짐'을 적고 펜을 입에 문 채 고개를 뒤로 젖혔다. 표정이 살짝 굳었다.

한참 뒤에 그가 새 작은 종이에 '강아지'를 적고 그동안 적은 종이들을 모두 한 편지봉투에 담았다. 또리가 꼬리를 흔들며 달려와 봉투를 콱 물고 도망갔다.

그가 웃었다.

| 정치인 |

어느 유력 정치인이 모두 동일한 주소를 쓰자는 법안을 발의했다. 그렇게 하면 모두가 친해지고 편해질 것이라고 했다. 사람들은 동의했고 모두 같은 주소를 가졌다.

법안이 통과된 다음 날부터 사람들은 그 정치인의 집으로 퇴근했다. 집으로 들여 보내 달라는 초인종 소리가 밤새 끊이질 않았다.

| 사냥 |

둘은 오늘도 사냥 대결을 했다. 하나가 예리함으로 생선을 찌르고 머리를 갈랐다. 지켜보던 또 하나는 제 앞에 놓인 살덩이를 짓이기고 보란 듯이 허공에 퍼 올렸다.

둘의 몸은 한껏 달아올랐고 사냥터는 순식간에 난잡해졌다.

만족스런 식사를 마친 그가 수저를 가지런히 놓고 자리에서 일어났다.

| 성적 |

학교에서 성적을 통합한다며 전교생 평균만을 발표했다. 모두가 만족하는 동시에 모두가 불만족했다.

| 로길

동화작가
미니픽션 작가
제1회 부엉이철학동화상 수상

졸개의 추억

김혁

초등학교 때 같은 반 친구 중에, 오포대 옆에서 정육점을 하는 집 아이가 있었다. 그는 힘도 아주 세고, 싸움도 잘하고, 성격도 매우 거칠어서, 반 아이들을 싹 휘어잡았다. 반장은 따로 있었지만, 그가 대장이었다. 주머니엔 어디서 났는지 늘 용돈이 두둑했고, 인상도 고약한 데다 몸에서 이상한 피비린내가 풍겼다. 그의 옆에는 언제나 졸졸 따라다니며 수발을 드는 친구가 하나 있었는데, 말이 친구지, 비굴하게 대장의 비위를 맞추는 졸개나 다름이 없었다.

시내 아이들은 방과 후에 주로 오포대 주변에서 놀았다. 일제 강점기 때 세웠다는 그 철탑 망루에서는 정오만 되면 사이렌을 비명처럼 울려 댔다. 큰불이 나거나, 긴급한 일이 있을 때도 사이렌을 요란하게 울리곤 했는데, 철골로 이루어진 괴상한 형상은 언제나 거대한 파수꾼이자 감시자 같은 느낌을 주었다. 집이 시내에서 조금 떨어진 나도 예기치 못한 일로 인해 한동안 시내 아이들과 한패가 되어야만 했다.

어느 날 대장이 나에게 접근해 왔다. 그리고는 '영화 구경도 하고 맛있는 것도 사 먹자'고 귀가 번쩍 뜨이는 제안을 했다. 당시 아이들에게 영화는 가장 강력한 유혹의 수단이었다. 꾐에 빠진 나는 멋도 모르고 무작정 그를 따라나섰다. 그리고 그날부터 오포대 주변의 극장과 빵집과 만화방 등등을 전전하기 시작했다. 꿈에도 생각지 못했던 그 탈선의 맛은 너무도 달콤하고 황홀했다. 그러다가 어느덧 꼼짝없이 그의 졸개가 되고 말았다.

그는 나를 수족처럼 부렸다. 이미 노예가 된 나는 그의 명령을 거역할 수가 없었다. 모두가 빤히 보는 앞에서 물을 떠다 바치고, 딱지나 구슬을 깨끗하게 닦아서 챙겨 주고, 필기를 대신해 주는 등 대장의 수발을 들 때마다, 나를 바라보는 반 친구들의 그 냉담하고도 조소 어린 시선들은 정말로 견디기 힘들었다. 그렇게 실컷 부려먹다가 날이 어둑어둑해져서야 놓아주었다. 하루하루가 지옥과 같았고, 학교 가기가 죽기보다도 더 싫었다. 아프다는 핑계로 학교에 가지 않는 날도 늘어만 갔다.

오포대에서 얼마 떨어지지 않은 곳에는 미군들이 관리하는 통신 중계소가 있었다. 대장은 방과 후에 틈만 나면 나를 보내서 껌이나 과자 등을 얻어 오게 했다. 나는 어쩔 수 없이 우거지상을 하고 찾아갔지만, 번번이 정문에서 수위에게 쫓겨나곤 했다. 어쩌다 몰래 침입에 성공한 날이면, 미군들 앞에서 최대한 불쌍한 표정을 지으며 손을 내밀었다. 그들은 화난 얼굴로 나가라고 소리치면서도 껌이나 과자를 조금 손에 쥐여주었다.

그러던 어느 날, 대장이 느닷없이 우리 동네 뒷산엘 가자고 했다. '야! 거기다 본부를 멋지게 차려 놓고, 반공 영화에서 본 대로 전쟁놀이를 신나게 해 보자'고 했다. 대장과 몇몇 조무래기들은 나를 앞세우고 대단한 정복이라도 하러 가는 양 굴었다. 나는 그들 앞을 얼쯤얼쯤 걸어가며 불안한 마음을 떨칠 수가 없었다. 아니나 다를까, 동네 뒷산에 도착한 대장 일행은 여기저기 헤집고 다니다가, 동네 아이들이 만들어 놓은 본부를 발견하고는 멋대로 접수하였다.

얼마 후, 소식을 들은 동네 형이 아이들 몇 명을 데리고 득달같이 달려왔다. 나보다 두 살 많은 동네 형이 대뜸 눈을 부라리며 팔을 걷어붙이고 나섰다. 여차하면 한판 크게 붙을 태세였다. 그는 덩치도 크고 인상도 험악해서 장비라는 별명을 가지고 있었지만, 없는 자리에서는 짱깨라고 놀렸다. 동네 형은 '말로 할 때 순순히 물러가라'고 엄포를 놓았지만, 대장도 지지 않고 대거리를 했다. 시장바닥에서의 숱한 싸움 경험 때문인지, 전혀 기가 죽지 않았다.

양쪽 편에서 서로 나를 끌어가려고 으르딱딱거렸다. 중간에 낀 나는 이러지도 저러지도 못하고 눈치만 살피며 엉거주춤 서 있었다. 그리고 화해를 시킨답시고 힘없이 주절주절 옹알이를 해 댔다. '거, 머시냐--- 알고 보면, 애들도--- 다 좋은, 친구들이니께--- 제발 싸우지 말고--- 서로 사이좋게--- 싸우면, 모두가 손해니께---' 그렇게 두 진영 간에 전쟁이 막 터지려고 할 때, 호랑이라는 별명을 가진 무서운 산 주인 할아버지가 지게 작대기를 들고 달려오면서 고함을 질렀다. 그 바람에 아이들 모두가 꽁지가 빠져라 줄행랑을 쳤다.

그날 이후로, 나는 더욱 초라하고 불쌍한 졸개가 되었다. 동네에서는 배신자라고 왕따를 당하고, 대장으로부터도 더욱 심한 구박을 받았다. 이제 덫에서 빠져나오기란 불가능한 일이었다. 죽기 살기로 한판 붙어 볼까 하는 마음도 여러 번 먹어 보았지만, 힘으로나 싸움 실력으로나 대장에게 상대가 되지 못했기에 이내 포기하고 말았다. 집에 들어가기만 하면, 날마다 늦게 들어온다고 호되게 야단을 맞았다. 이런저런 변명도 더는 통하지 않았다. 탈출구는 어디에도 없었고, 희망도 전혀 보이지 않았다. 잠도 잘 오지 않았고, 밤마다 몸뚱이가 갈기갈기 찢기어서 정육점에 고깃덩이로 매달리는 악몽에 시달렸다. 이러다 죽을 것만 같았다.

마침내 나는 중대한 결심을 했다. 그리고는 마침 월남전에 참전한 뒤 다리에 부상을 입고 돌아와서, 밤마다 아이들을 모아 놓고 무용담을 자랑하던 동네 아저씨에게 접근해서 평소 눈여겨보았던 단검을 훔쳐 냈다. 그걸 책가방 안에 깊숙이 숨기고 다니면서, 적당한 때를 봐서 대장을 찌르려고 기회를 노렸다. 하지만 막상 결행하려니 쉽지 않아서 계속 미적거렸다.

그런 와중에 담임 선생님이 도난 사건을 해결하기 위해 일제히 책가방 검사를 했다. 내 가방 안에서 무시무시한 단검이 나오자, 교실이 순간 얼어붙었다. 아이들은 물론이고 선생님마저도 크게 경악했다. 나는 선생님의 엄한 추궁에도 아랑곳하지 않고, 대장만 뚫어져라 매섭게 쏘아보았다. 나와 눈이 마주치자 대장은 몹시 당황하고 겁을 먹는 모습이었다. 그리고 방과 후 단둘이 만난 자리에서, 대장은 나에게 앞으로 사이좋게 지내자면서 화해를 청했다.

그렇게 해서 나는 지옥과도 같았던 몇 개월 동안의 절망과 고통 속에서 거우 헤어날 수 있었다. 나 대신 다른 졸개가 생겼음은 물론이었다. 비록 덫에서 벗어나 자유의 몸이 되기는 했지만, 그때 생긴 트라우마는 유령처럼 두고두고 나를 따라다니며 괴롭혔다. 그리고 아주 오랜 세월이 흐른 요즘도, 학교폭력 문제라든가 다가오는 강대국 간의 패권전쟁 같은 뉴스를 접할 때마다, 불현듯 옛날 일이 떠올라서 몸서리를 치곤한다.

│ 김혁

《한국일보》 신춘문예로 등단
장편 「장미와 들쥐」, 「지독한 사랑」, 「누가 울어」 외 다수
중2 국어 교과서에 미니픽션 「달걀팔이 소년」 수록됨

작은 표정

로길

기쁨과 슬픔은 서로 반대라며 손사래를 쳤다. 등 돌린 둘 앞에 어느 아이가 나타났다. 아이가 웃다가 울고 또 울다가 웃었다. 웃음과 울음이 콧물에 눌어붙었다.

기쁨과 슬픔이 서로 돌아봤다.

자유

그 아이가 돌아왔다

구자명

짭짤, 배릿한 냄새가 삽시간에 집안을 가득 채웠다. 한 번에 대여섯 마리씩 프라이팬에 올려놓고 생선을 굽고 있는 아내의 눈은 이미 충혈되었을 것이다. 어이, 하고 부를라치면 아이고 이놈의 연기, 하고 핑계를 댈 터였다.

굵은소금이 잘 배어든 물고기 몸통이 자작자작 익어 가며 고소한 향내가 본격적으로 코를 찌른다. 아들이 가고 나서도 해마다 이맘때면 해 오던 일이다.

제철 전어가 맛있다 한들 두 늙은이 살면서 한, 두 끼에 몇 마리나 먹을 수 있겠다고 아내는 초가을 접어들기 바쁘게 그놈의 생선을 한 번에 서른 마리는 족히 되게 사 왔다. 네 식구 살던 때 굽던 양이었다. 그것도 아파트 복도에 냄새가 진동하도록 그쪽으로 난 부엌 창을 활짝 열고 구워 대니 같은 층 이

집 저집에서 강아지들이 왁왁대며 술렁였다. 근데 이날은 강아지들이 짖어대는 데 뭔가 좀 다른 이유도 있는 낌새였다.

엘리베이터가 있는 복도 반대쪽 끝에서 우리 집으로 다가오는 듯한 발걸음 소리가 낯설었다. 투닥 투닥 울리는 둔탁한 신발 소리와 트렁크 끄는 소리 같은 것이 두어 번 멈칫거릴 때마다 강아지들은 목청을 높였는데, 그러다 다시 투닥 투닥 이어지면 짖는 소리도 잦아들었다.

아들이 가고 난 이듬해에 새색시 면한 지 일 년도 채 안 된 며느리도 우리 곁을 떠났다. 아니, 우리가 해방을 시켰다. 둘 사이에 아직 아이도 없던 터라 제 길 찾고 새 사람 찾아 살기를 바랐다. 호적에서 정리시켜 주고, 결혼하느라 미뤄 뒀던 디자인 공부를 계속 해 보겠다기에 언젠가 아들 살림 내주려 저축해 오던 돈을 유학자금으로 줘서 보냈다. 캐나다로 취업 이민을 간 언니네가 사는 밴쿠버에 가서 좀 적응되면 공부할 학교를 찾아보겠다며 무작정 떠났다.

부모가 일찍 병사하고 유일한 피붙이도 외국에 나가 버린 홋홋한 처지여서 시부모와 같이 살기를 오히려 반겼던 며느리. 제 서방을 오빠야, 오빠야 부르고 시부모를 어무이, 아부지로 부르며 딸같이 굴었다. 둘은 그래픽 디자인 학원에서 취업 준비를 하다 만났는데 아들은 미디어 디자이너 지망생이었고 며느리는 인테리어 디자이너 지망생이었다. 스물넷과 스물둘. 그 애들은 아직 어렸고 세상을 잘 몰랐고 막둥이들이었지만 우리 슬하에서 좀 더 성장해서 세상에 나갈 준비를 하고 있었다.

오 년 전 어느 삽상한 초가을 아침, 아들은 제 색시가 저녁 메뉴를 귀띔하자 입이 헤벌어져 출근을 했다. 하지만 그날 저녁 집에 돌아오지 못했다. 결혼 후 인턴으로 취업한 지역 방송사에서 모처럼 정시 퇴근을 하여 길 건너 버스 정류장으로 가다가 무면허 미성년자가 모는 차가 덮쳤다. 아들은 수 미터 날아가 그 자리에서 숨을 거뒀다. 그때 아내는 아들이 유난히 좋아하는 전어를 며느리와 조잘대며 채반 가득 구워 내고 있었다.

며느리가 그해 가을 캐나다로 떠나며 말했다. 지는 어무이가 꾸버 주던 전어 생각 마이 날 거 같아예. 아내가 대답했다. 전어 꿉는 냄시에 집 나간 메누리 돌아온다 카는 말 들어 봤제. 내, 한 거 사다가 꾸버 줄 테이까 니 암 때나 그거 묵고 싶으믄 돌아온나. 이국 땅서 사는 기 마이 디고 외로브믄 우리 져테 와서 살란 말이제. 며느리는 시어미를 끌어안고 글썽해진 눈매로 뒤에 선 내게 고개를 주억거려 보였다.

이윽고 발소리가 우리 집 앞에서 멈췄다. 생선을 굽던 아내도 뭔가 이상한 기미를 느꼈는지 가스레인지의 불을 끄고 거실에서 TV 뉴스에 눈길을 박고 있는 나를 불렀다. 보소, 누가 온갑소.

현관 벨은 아직 울리지 않았다. 아들 며느리가 떠난 후로 저녁때 누가 찾아올 일이 없는 우리 집이었다. 오래전에 시집간 두 딸은 모두 서울에 살았고 명절 때 외엔 코빼기를 보이는 적이 드물었다. 잠시 뜸을 둬도 벨 소리나 노크 소리가 들리지 않기에 나는 소파에서 일어나 현관문으로 다가갔다. 문 앞에 섰을 때 굿 베이비, 어쩌고 하는 여자 음성이 들려왔다. 나는 잠금쇠를 풀고 벌컥 문을 열었다. 블루진 치마에 알록달록한 줄무늬 망토를 두른 젊은 여자가 부풀어 오른 배를 어루만지며 커다란 여행 트렁크를 짚고 서 있었다. 떠돌이 집시 같은 차림새의, 만삭의 몸을 한 아낙은 오 년 전 우리 곁을 떠난 며느리였다.

그렇게, 알을 배어 고향의 강으로 귀소하는 연어처럼 며느리가 집에 돌아왔다. 전어의 계절에.

몸을 풀기 전 며느리가 미리 해 준 얘기가 있어 태어난 아기를 보고 우리는 크게 놀라진 않았다. 하지만 구불구불 웨이브 진 갈색 머리칼과 긴 속눈썹 아래 흑요석 같은 커다란 눈동자에 이따금 청보랏빛이 깃들 때면 흠칫 놀라는 적이 있긴 했다.

머느리는 별로 부끄러워하는 기색도 없이 저간의 사연을 술술 털어놓았다. 어무이, 아부지한테 이 마당에 뭘 숨기겠어요, 하면서.

캐나다로 간 머느리는 두어 해 모색과 방황 끝에 한 기술 전문대학에 들어갔다. 거기서 만나 사귀게 된 남자가 하필 우크라이나서 유학 온 청년이었다. 그는 전쟁이 나자 동유럽을 거쳐 모국으로 돌아간 후 두어 달 만에 소식이 끊겼다. 머느리는 얼마 후 자신이 그의 아이를 밴 것을 알게 됐지만, 아이 아버지와 연결될 가망은 러시아-우크라이나전이 심화되어 감에 따라 희박해졌다. 언니 또한 자기 앞가림하기에 경황이 없었다. 형부가 다니던 직장을 그만두고 사업을 벌였다가 쫄딱 말아먹어, 두 아이를 둔 가정을 혼잣손으로 지켜나가느라 밤낮없이 일해야 했다. 머느리의 배는 점점 불러왔고 학교도 더이상 다닐 수가 없게 되었다. 몸이 뭐가 어찌 됐는지 여덟 달 넘도록 입덧을 했다. 남편과 시부모와 살 때 먹던 음식들이 너무 그리웠다. 그중에서도 초가을에 '어무이'가 구워 주던 전어가 그리도 먹고 싶었다. 산달을 한 달쯤 앞두고 머느리는 결단을 했다. 돌아가리라. 내게 가족이 되어 주었던 이들이 있는 집으로.

  며느리는 자기와 닮지 않은, 팔다리가 길쭉길쭉한 건강한 남아를 낳았다. 어찌 보면 키가 컸던 죽은 아들을 닮은 듯도 했다. 주변에서 보기엔 이 무슨 일인가 싶겠지만, 나와 아내는 그 아이가 귀하고 이뻤다. 며느리가 아니라 딸이 외국 남자를 만나 낳은 아기라면 뭐가 문제가 되겠는가. 게다가 돌이 가까워질 무렵부터 아이는 아내나 나와 눈이 마주치면 벙싯거리며 뒤뚱걸음으로 다가와 덥석덥석 안겼다.

  또다시 전어 철이 되었다. 아내는 여느 때처럼 재래시장에 가서 전어를 한 보따리 사 와 초저녁부터 굽기 시작했다. 아이는 할머니가 식탁 옆 소반에 올려놓은 구운 전어 한 마리를 덥석 집어 들더니 뜯어먹기 시작했다. 내가 쫓아가며 외쳤다. 아이구 이놈, 영수야아. 까시 삼키믄 우짤라꼬! 아내가 돌아다보았다. 며느리는 애 아버지 이름을 따서 아이를 조셉이라 불렀는데, 낮에 외출하여 아직 돌아오지 않고 있었다. 영수요? 아하하하하. 아내가 파안대소했다. 니가 우리 영수? 이 할배가 미쳤는갑네, 그쟈? 말은 그리 해도 아내의 얼굴은 모처럼 환하게 빛났다. 전어를 그리도 맛있게 먹는 아들을 행복하게 쳐다보던 그때 그 얼굴처럼.

  저녁 뉴스에서 우크라이나전이 점점 고조된 상황으로 치닫

고 있는 광경을 보도했다. 끔찍했다. 세상의 모든 전쟁은 끔찍
하다. 더구나 우리 집에 선물처럼 온 아이의 아비가 있는 나라
에서 벌어지는 전쟁은 내 혈육이 치르는 전쟁처럼 느껴졌다.

아내와 나는 아이를 아기 의자에 앉혀 식탁 앞에 끌어다 놓
고 전어 살을 잘 발라 아이 입에 넣어 준다. 맛있제, 영수야.
니가 젤 좋아하는 괴기 아이가.

내가 선언했다. 에미 오믄 인자 일마 이름을 영수로 하자
카세. 한국서 살라믄 우리식 이름도 있어야제. 아내는 묘한
표정을 지으며 나를 살피다가 대답했다. 그라소 마. 우야겠
노. 이랬기나 저랬기나 같이 잘 살마 되제. 나는 기뻤다. 아
들이 죽고 나서 이루 말할 수 없이 헛헛했던 가슴이 처음으로
뿌듯하게 채워지는 기분이었다.

내 마음속에 그 아이가 돌아왔다. 그 아픈 전쟁의 비극을
통해 내 아이가 돌아왔다.

｜ 구자명

1997년 《작가세계》에 단편 「뿔」로 등단
소설집 『건달』, 『날아라 선녀』, 『진눈깨비』, 『건달바 지대평』
에세이집 『바늘구멍으로 걸어간 낙타』, 『망각과 기억 사이』

공주는 잠 못 이루고

김혁

　유라시아 대륙 한가운데 자리 잡은 광대한 타클라마칸 사막은 예로부터 불모의 땅으로 악명이 높았다. 별명 그대로 '죽음의 바다'였다. 하지만 천산산맥에서 흘러내리는 강을 따라 생겨난 오아시스를 중심으로, 크고 작은 왕국들이 흥망을 되풀이하다 사라져 갔다. 사막의 남쪽, 신비의 누란 왕국이 생겨나기 천 년쯤 전에도 한 왕국이 있었다. 코카서스 지역에서 출발한 푸른 눈과 금발의 유럽 인종 일파가 세운 것으로 추정되는 그 왕국은 한때 제법 번성했으나, 이제는 신기루처럼 사라져 아무도 기억하지 못한다. 눈부신 미모에다 긴 속눈썹을 내리깐 채 방금 잠든 듯 평온한 표정을 한 젊은 여인의 미이라만이 숱한 상상을 불러일으킬 뿐.

왕국에 예쁘고 사랑스러운 여자아이가 태어났다. 어려서부터 강을 유난히 좋아해서 초록빛 강물과 함께 춤추고 노래하며 자라난 그녀는 남달리 뛰어난 미모를 자랑했다. 특히 그녀가 강에서 헤엄을 치는 모습은 꼭 인어와도 같았다. 사람들은 강물처럼 맑고 푸른 마음을 가진 그녀를 소하 공주라고 부르며, 신성한 강의 여신으로 여기고 숭배했다.

왕국 백성들에게는 사람이 죽으면 강가에 자라는 가장 크고 멋진 호양나무를 베어서 배 모양의 관을 만들어 뒤집어씌워야만 조상들의 영혼이 살고 있는 저승세계에 무사히 도착한다는 믿음이 있었다. 이런 장례 풍습은 세월이 흐를수록 점점 더 호화롭게 변해 갔다. 게다가 인구가 계속 늘어나자, 땔감이 부족해진 사람들은 취사와 난방을 위해서 나무를 마구 베어 냈다. 무성하던 숲은 빠른 속도로 줄어들었다. 보다 못한 공주가 날마다 사람들을 찾아다니면서, 이러다간 왕국 전체가 위험에 빠질 것이라고 눈물로 호소했지만 아무 소용이 없었다.

넘쳐흐르는 물과 푸른 들과 무성한 나무숲을 자랑하던 오아시스는 눈에 **띄게** 메말라 갔다. 민심이 흉흉해지면서 불안과 공포에 떨던 왕과 백성들은 소하공주를 희생양으로 삼았다.

부정을 저지른 그녀를 하늘에 바쳐야 한다고 주장했다. 워낙 마음씨가 곱고 착했던 소하공주는 한마디 변명도 없이 자신의 운명을 순순히 받아들였다. 높은 양털 모자에 새의 깃털을 잔뜩 꽂고, 두툼한 모직 망토를 온몸에 두르고, 소가죽으로 만든 신발을 신은 뒤 산채로 매장된 소하공주는 평온하게 미소를 지으며 조용히 눈을 감았다. 그리고 얼마 지나지 않아서 왕국은 모래 더미 속으로 흔적도 없이 사라져 버리고 말았다.

| 사막의 모래바람이 비밀스럽게 전해 준 두 번째 전설 |

어느 날, 북쪽 초원지대에 사는 한 유목민 청년이 말을 타고 강가에 나타났다. 그는 강에서 헤엄을 치고 있는 아름다운 처녀를 보는 순간 한눈에 반하고 말았다. 소하공주도 바람처럼 나타난 이국적인 풍모의 늠름하고 잘생긴 청년에게 깊은 호감을 느꼈다. 둘은 곧 뜨거운 사랑에 빠졌고, 밤마다 호양나무 숲에서 만나 사랑을 불태웠다.

왕국 백성들이 신성한 강의 여신으로 여기고 숭배하던 소하공주가 적국에서 온 유목민 청년과 사랑에 빠졌다는 소문은 삽시간에 퍼졌다. 충격에 빠진 사람들은 배신감에 치를 떨면서 저마다 몽둥이를 들고 호양나무 숲으로 몰려갔다. 청년을 재빨리 말에 태워 도피시킨 공주는 성난 백성들의 손에 잡혀 왕 앞으로 끌려갔다. 그리고 오랜 앙숙인 적국과의 화친을 부탁하며 순순히 죽음을 **받아들였다.**

사랑하는 공주를 잃고 원한에 사무친 유목민 청년은 밤마다 몰래 강의 상류에 나타나 미친 듯이 울부짖으면서 썩은 짐승의 사체를 조금씩 뜯어서 강물에 던져 넣으며 죽어 갔다. 청년이 죽은 후, 왕국에서는 원인 모를 무서운 전염병이 돌기 시작했다. 멀쩡하던 사람들이 하루아침에 픽픽 쓰러져갔다. 하늘의 저주를 받았다고 생각한 왕국의 백성들은 하나둘 새로운 오아시스를 찾아 떠났다. 그리고 얼마 지나지 않아서 왕국은 모래 더미 속으로 흔적도 없이 사라져 버리고 말았다.

| 사막의 모래바람이 비밀스럽게 전해 준 세 번째 전설 |

어느 날 왕국에 거대한 모래먼지를 일으키면서, 말을 탄 수많은 군사들이 무장을 하고 들이닥쳤다. 머나먼 동쪽 나라에서 침략해 온 병사들이었다. 작은 왕국은 제대로 저항도 하지 못하고 항복하였다. 항복 조건은 너무나 가혹하였다. 왕국에

있는 보물과 돈을 몽땅 털어서 수백 마리의 낙타 등에 싣고 돌아감은 물론, 적을 막아 준다는 명분으로 군대 일부를 주둔시키겠다면서 막대한 주둔비용을 요구했다. 게다가 주민들이 신성한 강의 여신으로 숭배하던 소하공주마저 데려가려고 했다. 왕국은 극심한 혼란과 고민에 빠졌다.

그때 꾀 많은 어느 신하가 기발한 술책을 내놓았고, 본국에서 급파된 가짜 전령이 침략군 대장에게 밀서를 전달하였다. 충성을 바치던 대왕이 부하 대장군에게 살해당하고, 그 대장군이 새로운 대왕으로 등극하였으며, 하루빨리 돌아오라는 충격적인 내용이었다. 대장은 명령을 거부하고 군대와 함께 왕국에 그대로 눌러앉았다. 그리고 왕의 자리까지 차지하였다. 폐위된 왕은 충성스러운 신하가 되어, 성심성의껏 보필하며 왕국의 발전을 위해 힘썼다.

하지만 향수병에 걸린 군사들은 나날이 사기가 저하되어 갔다. 마침내 일단의 부하들이 반란을 일으켰으나, 거사에 실패하고 국경 밖으로 달아났다. 그들은 강의 물줄기를 반대 방향으로 돌려놓는 작업을 은밀하게 수행하였다. 넘쳐흐르는 물과 푸른 들과 무성한 나무숲을 자랑하던 오아시스는 서서히 메말라 갔다. 사태의 심각함을 깨달은 대장은 서둘러 남은 군대를 데리고 다른 곳으로 떠났고, 민심이 흉흉해지자 사

람들은 소하공주를 제물로 바쳐서라도 재앙을 물리쳐 보려고
했다. 워낙 마음씨가 곱고 착했던 소하공주는 절망에 빠진 백
성들을 위로하기 위해서 순순히 죽음을 받아들였다. 그리고
얼마 지나지 않아서 왕국은 모래 더미 속으로 흔적도 없이 사
라져 버리고 말았다.

오늘도 우루무치 신강박물관에는 중국 각지에서 모여든 사
람들이 시끄럽게 몰려다니며 유리 전시관 안에 누워있는 공
주의 미이라를 비롯한 신기한 유물들을 구경하느라 여념이
없었다. 그들의 얼굴에는 처음 보는 변방의 이국적인 문물과
유적에 대한 탐욕스러운 호기심과 자만심만 가득할 뿐, 무력
으로 점령하고 있는 이민족에 대한 미안함이나 부끄러움 같
은 것은 조금도 찾아볼 수 없었다. 더군다나 소하공주가 4천
여 년 동안 잠들지 못하고, 타들어 가는 사막의 비명처럼 애
절하게 호소하는 걸 귀 기울여 듣는 사람은 아무도 없었다.

▍김혁

《한국일보》 신춘문예로 등단
장편 「장미와 들쥐」, 「지독한 사랑」, 「누가 울어」 외 다수
중2 국어 교과서에 미니픽션 「달걀팔이 소년」 수록됨

굿 바이, 오라씨

안영실

여름내 에어컨은 줄곧 앓는 소리를 냈다. 집에서는 퀴퀴한 냄새가 났고 나는 비염에 시달렸다. 1970년대에 목재로 지어진 집은 더위와 추위를 막지 못했고 곰팡이와 바퀴벌레의 천국이었다. 나는 기침 때문에 밤에 자주 깼다. 불을 켜면 거실을 거닐던 바퀴벌레들이 허둥지둥 내빼지만 내 발도 잽쌌다. 장마가 시작되면서부터 바퀴벌레들은 더 자주 납작해졌고 곰팡이는 세력을 넓혔다. 비가 줄줄 새서 현관에는 양동이와 세숫대야와 냉면 그릇까지 동원되었다. 물방울은 도미솔, 혹은 솔시라와 비슷한 음을 짚으며 떨어졌다. 나는 현관 위쪽의 검은 곰팡이를 올려다보면서 한숨을 삼키다가 주인집 여자에게 항의했다. 그러자 곧장 여자의 날 선 목소리가 터졌다.

"더러운 게 아냐, 빗물이 샌 거야!"

빗물이라면 새고 곰팡이가 생겨도 괜찮냐고 묻고 싶었지만, 나는 슬그머니 꼬리를 내렸다. 큰 목소리와는 다퉈 봐야좋을 게 없다.

그런 일이 있을 때마다 나는 창문을 열어젖혔다. 그래 봐야후끈한 열기만 더할 뿐, 바람 한 점 없었다. 감정이 들썩거릴때마다 나는 창밖으로 목을 빼고 오라씨를 내려다보았다. 땡볕 아래에서도 오라씨는 여전히 단정하게 서 있었다. 언제나나를 기다리며 온전히 나의 것인 오라씨를 쳐다보고 있으면이상하게 마음이 누그러졌다. 밤에 바이크가 굉음을 울리며지나가기라도 하면, 나는 급히 창문을 열고 오라씨가 다치지나 않았는지 내다보았다. 먼 가로등 불빛에도 오라씨의 눈은은빛으로 반짝였다. 비바람을 피할 수 있는 곳에 있던 오라씨였는데, 이젠 그대로 버텨야만 했다. 바퀴벌레와 곰팡이와 큰목소리를 직면한 내 처지와 다를 바가 없었다.

"우리 오라씨는 눈이 참 예쁘지 않니? 유난히 크고 반짝이잖아."

"언니는 차가 애인이라도 되니?"

"애인보다 낫지. 배신당할 리도 없고 늘 나를 기다려 주잖아."

"그렇긴 하지. 언제나 그 자리에 있으면서 필요하면 발이되어 주니까."

"오라씨는 내 모든 감정도 그대로 받아 주고 잔소리도 안 해."

동생은 웃으면서 내게 등짝 스매싱을 날렸다.

"언니는, 오라씨가 뭐냐, 오라잇은 어때? 6, 70년대에는 버스 차장이 오라잇 하면 버스가 출발했잖아."

"오라잇이 'All right'이래. 오라씨도 그 뜻이야. 내가 가려는 곳이 어디든 좋아, 해 주고."

동생은 내가 오라씨와 이별할 날이 머지않았다는 사실은 알지 못했다. 이사 가는 집에는 주차장이 없었다. 무엇보다 나는 차를 가질 처지가 못 되었다. 갈 곳도 없었지만 나는 여름 내내 오라씨를 골목에 세워 두었다. 그저 가끔 창문을 열고 내려다보는 것만으로도 충분했다.

나는 딜러가 온다는 연락을 받고서야 차 문을 열었다. 16년이나 된 낡은 아반테를 누가 살까 싶은데, 먼 나라에서는 소형차가 오히려 환영받는다고 했다.

"미안하네. 널 보낼 때가 되어서야 이렇게 열심히 닦고 있으니. 그동안 정말 고마웠어. 내가 울 때도 절망할 때도 지켜봤었지? 내 16년을 너만큼 아는 사람은 없거든. 기억나니? 내가 운전하다가 머리채를 잡히고 발길질을 당했을 때 말이야, 그때 넌 유난히 조용했는데… 그 아우성 속에서 나는 오라씨도 참고 있구나, 하고 생각했어. 그거 알아? 난 이미 노인인가 싶었는데, 노동청에서는 내가 아직 한창 일할 때인 장년이래. 너도 폐차할 때인 줄 알았는데, 이제 내가 가 보지도 못한 먼 나라로 가서 일하게 됐으니, 너도 나처럼 장년인가? 그런데 난 그게 궁금하더라. 그 땡볕에 가만히 서서 넌 무슨 생각을 하며 버틸까. 너를 만져 줄 나를 기다리겠지 했지만, 만약에 너도 뭔가를 생각할 수 있다면… 무엇을 생각할까?"

그때 딜러가 도착하여 오라씨의 몸 이곳저곳을 더듬으며 기계를 갖다 댔고 발로 바퀴를 툭툭 치기도 했다. 딜러는 칠십 장의 사진을 찍고서 서류를 작성했다.

"감청색이 아니고 흰색이라면 가격이 더 나갔을 텐데, 아쉽네요. 더운 나라에서는 어두운 색깔의 차를 좋아하지 않아요."

딜러에 의해 곧 오라씨의 가격이 정해졌다. 그것은 내 한 달 생활비와 비슷한 금액이었다. 나는 망연히 오라씨를 바라보았다.

"넌 떠나면서도 내게 힘이 되는구나. 생활비까지 남겨 주고 말이야."

열쇠를 넘기는데 절로 미간이 찌푸려졌다. 탁송 기사가 운전석에서 앉자 나는 황급히 외쳤다.

"잠깐만요, 아주 잠깐이면 돼요."

자동차와의 이별이 아쉬웠던 사람은 나만이 아니었던지, 탁송 기사는 익숙한 듯 차에서 내렸다.

"얜 내 오랜 친구였어요."

나는 보닛 위에 엎드려 오라씨를 안았다. 시동이 켜진 오라씨는 따뜻했고 심장이 두근거리는 것처럼 느껴졌다. 어쩌면 그것은 멀리 떠나는 오라씨의 설렘이거나 두려움인지도 몰랐다.

"얠 어디로 데려가나요?"

"저는 인천에 있는 수출단지까지 탁송하고요. 어디로 갈지는 그 후에 정해집니다. 작은 차들은 아프리카로 많이 간다고 들었어요."

그날 밤은 유난히 더웠고 나는 또 기침으로 잠을 설쳤다. 가수면 상태에 빠졌을 때 누군가 내 발치에 우두커니 서 있음을 느꼈다. 눈을 뜨지 않아도 나는 그게 누구인지 알았다. 감청색 싱글을 입은 그의 실루엣과 은빛 눈도. 나는 가만히 눈을 감고 그를 느꼈다. 낮고 우수에 찬 목소리가 느릿느릿 말했다.

"내가 무슨 생각을 하는지 알고 싶니? 난 네가 다니던 내부순환도로를 지탱하는 다리들을 생각해. 얼어붙는 한파에도 뜨거운 햇볕에서도, 도로가 정체되어 차가 끝없이 서 있다 해도, 고가다리 아래에서 팔을 벌려 견디고 버티는 그 기둥들을. 세상의 모든 다리를 버티는 기둥들을 생각해.”

나는 오라씨의 그 기둥들을 생각했다. 기둥은 끝없이 내 눈앞에 나타났고 또 지나갔다. 창밖이 훤해질 때가 되어서야 나는 간신히 입을 뗄 수 있었다.

“잘 가, 내 친구!”

▎안영실

문화일보 중편『부엌으로 난 창』으로 등단. 소설집『큰 놈이 나타났다』, 『화요앵담』, 『설화』 출간. 박인성문학상, 성호문학상, 김포문학상, 문학비단길 작가상, 한국소설가협회 작가상, 이민호문학상 수상.

네로

황현욱

Man, I don't wanna think. Just wanna sink. Middle of the Pacific Ocean like victim of greed. 추락은 너무 아프니깐. 천천히 가라앉는 뉘앙스. 그런 기분으로 세면대 앞에서 눈을 감는다. 죽은 척. 그게 운명인 듯 발악하지 않는 욕심. 체념. 순응. 쥠을 포기함으로 얻는 해방감. 너무 작은 근육까지 힘쓰며 살았어. 그래 봐야 뻔한 한 명일 뿐인데. 먹어 봐야 얼마나. 마셔봐야 얼마나. 보상 심리로 쑤셔 넣던 안주와 술들. 다음 가게로 넘어가기 전 토하고 다시 삼키는 불쾌한 기분들. 만족스럽지 않은 하루. 어제. 오늘. 내일. 얽힌 짜증들을 잊으려 지불한 값. 눈을 뜨곤 영수증을 구겨 주머니에 넣고 택시를 부른다.

취향에 맞지 않는 플레이리스트. 소리를 줄여 달라고 하고 싶지만, 입 여는 것보다 차라리 조금 불편한 게 나아서. 시선을 창밖으로 돌린다. 유리창에 몸을 던지는 빗방울들. 터지는 소리와 조각들은 뒤로 사라진다. 차선들도. 창문을 살짝 열고 소주 섞인 숨도 흘리며 집으로 향한다. 아침에 집에서 나와 다시 집으로 돌아간다. 잠시 눈을 감았다가 다시 집을 나설 내일. 어딘가에서 어딘가를 다시 또 어딘가로. 나의 죽음은 어디로 향하는가. 왜 매번 같은 차선들을 지나가는가. 반복되는 일상들. 반복적으로 사용하는 이유들. 염증이 생긴 영혼. 참아야 해. 자유는 불안정하니깐. 불안하니깐. 불안정은 불안하니깐. 호흡을 가다듬어. 거기서 겁먹은 게 티나니깐. 지겨우니깐. 저지르고 수습하는 삶. 나를 내세울수록 맞는 화살들만 많아지니. 행복을 쥐 지니야. 행복하고 싶어. 그냥 항복하고 싶어 디자인된 행복에. 너는 악마니 신이니. 영혼이 쑤신다.

"어디서 빠질까요?" 택시 기사의 물음. 내비대로 가면 되는데. 이 시간엔 길어야 5분인데. "편하신 길로 가 주세요." 관심 없는 설명들도 창문 밖으로 흘린다. 그 정도로 알뜰했다면 이 시간까지 술을 안 먹지. 어쩌면 그의 습관적인 방어기제. 습관적인 대화 루틴. 뭐가 됐든 버거운 나. 곪은 영혼은 여유가 없어. 좁아지는 생각에 관성적인 대답만. 보편적일수록 생각을 덜 해도 되니깐. 패턴화된 대화. 패턴화된 풍경. 출근길과 퇴근길. 아침마다 나를 일터로 나른다. 나를 소모하고 피로함을 가져온다. 회복해야지 내일 또 살아가려면. 어떤 때는 소주로 막걸리로 웃음으로 짜증으로 사랑으로 뭐로 또 다른 거로. 쌓이는 방법들에 무뎌지는 회복. 만성피로. 새로움이 필요해. "저기 앞에 파리바게트에서 내려 주세요."

불 꺼진 빵집. 잠든 빵들과 거리. 장발장이 된 것 같은 기분. 취기에 꼬르륵거리는 허기. 벽돌을 집어 들기에는 CCTV가 너무 많아. 죄가 없으면 돌을 던지라 해놓고 돌 던지면 죄가 되는 세상. 창문 할머니들. 서로가 서로를 감시해. 여럿이 던지면 죄가 아니니. 집단에 숨으면 강하다 착각하니. 지금 내가 나는 뭐가 된 것처럼 착각하듯. 한숨을 쉬고 안주머니에서 담배를 찾는다. 코트 안쪽 체취와 술냄새에 헛구역질을 하며 쪼그려 앉는다. 손등을 깨문다. 구역질을 참으려. 울음을 참으려. 쏟아지는 비. 하수구로 쓸려 가는 도시의 먼지들. 주머니 속 구겨진 영수증으로 종이배를 접는다. 고인 빗물에 띄우는 행위. 의미를 가진 행위가 아닌. 행위를 함에 가지는 의미. 클락션 울리는 택시에 올라탄다. "잠실역 가 주세요."

시끄러운 플레이리스트. 흥얼거린다. 기사는 잠을 깨려는 듯 과한 톤으로 말을 시작한다. 요즘 어쩌네 저쩌네. 그랬네 저랬네. 대충 어디서 주워들은 템플릿들. 그의 생각이 아닌 디자인된 주장들. 적당히 호응하며 그가 준비한 대사들을 도 와준다. 배우들이 리허설 하듯. 아니 오디션 준비하는 무명 배우의 연습을 도와주듯. 어쩌면 내가 그를. 혹은 그가 나를. 편의점 앞에 내리곤 우산을 하나 계산한다. 우산을 쓰곤 잠실 대교로 걸어간다. 태평양은 너무 멀어서 비싸서.

| 황현욱

세종대학교 국어국문학 졸업
한국미니픽션작가회 제4회 신인상 수상

두 줄 미픽

이성우

길을 가다 잠시 하늘을 보던 차에
길가에 핀 들꽃이 말을 걸어와 목을 꺾고 말았다.

노마 씨의 낮잠

김의규

노마 씨는 밭을 일구고 닭에게 모이를 주다가 문득 생각했다. 온갖 푸성귀를 가꾸고 짐승을 키우며 사람이 사는데 가축은 죽도록 일하며 젖과 살 그리고 뼈와 가죽까지 사람에게 남김없이 내줘야 하는 것. 그것은 푸성귀와 과일나무도 마찬가지다. 하지만 사람은 약아서 그들의 종자까지 먹어 치우진 않았다.

키우는 가축이 가장 기쁠 때는 암컷과 수컷이 짝짓기하고 저희 닭은 새끼를 낳아 키우며 먹이를 배불리 먹을 때였는데 그것은 사람도 그랬다.

"어느 날 한 사람이 생각했겠어. 사람도 누군가의 뜻에 따라 키워지며 살린다는 것. 사람 위에 있는 이, 그가 누군지는 모르지. 그건 사람의 말로썬 알기 어렵기 때문일 거야. 다들 생각해 보다 그쯤에서 더 생각하기를 멈추었겠지.”

모든 숨 탄 것들은 태어나 죽는 때까지가 산 것이라고만 생각할 뿐, 있음이라는 것엔 생각이 미치지 못함에 문득 노마 씨는 눈이 떠지며 머리가 맑아졌다. 살음도 죽음도 다름이 아니란 생각이 드는 때 가꾸던 푸성귀와 키우는 짐승들이 한목소리로 “그렇다”라고 외쳤다. 그 소리의 울림에 모두 싱싱해지고, 씩씩해졌다. 그렇게 함께 살며 있음이니 그것은 하나라고 할 만했다.

가을걷이 때까지 가라지를 뽑지 않고 두었다가 알곡만 추린 뒤 나머지를 불살라 버리면 타고 남은 재로써 더욱 좋은 땅이 된다고 옛사람은 말했다. 모든 숨 탄 것들이 서로 다툼으로 나툼을 뜻하는 것이라면 그 말씀은 누가 왜 했는지, 여기는 다만 거기까지인지, 그로써 그분도 겨우 살 수 있어서인지⋯
아픔, 슬픔, 괴로움 따위가 기쁨, 즐거움과 마주 서서 서로 오가게끔 하는 그 길을 가늠하다가 노마 씨는 매우 깊은 낮잠에 빠졌다. 닭이 울고 개가 짖으며 소도 배가 고프다며 길게 울어 댄다.

▌김의규

시인, 화가. 2022년 제5회 윤동주 신인상 수상
하이브리드 시화집 『그러니까 아프지마』, 『그녀의 꽃』, 『양들의 낙원 늑
대 벌판 한가운데 있다』, 철학동화집 『돌이 나르샤』 외

당신이 피운, 꽃의 시간

엄현주

스케치북의 첫 장부터 마지막 장까지 전부 꽃 그림이다. 갖가지 색깔의, 여러 모양의 꽃들이 도화지 위에서 금방이라도 피어날 듯하다. 이것들을 그리던 당신의 모습이 지금도 생생하게 눈앞에 떠오른다.

당신은 책상 앞에 코를 박고 앉아 있다. 굽은 등과 어깨, 허리, 백발로 당신의 나이가 한눈에 드러난다. 그런 건 아무래도 좋다는 듯, 당신의 팔은 쉬지 않고 움직인다. 색연필을 이것저것 바꾸어 가며 열심히 그리는 것이 무엇인지 아는 나는 그냥 웃을 수밖에 없다.

자, 봐!

활짝 펼친 스케치북에는 다양한 꽃들이 잔뜩 그려졌다. 엄지척을 해 주자, 당신의 얼굴에서 순간 주름살이 사라지고 해맑은 미소가 피어난다. 그런 당신이 너무나 사랑스러워 볼에 내 얼굴을 갖다 댄다.

당신이 최고! 다른 건 잊어버려도 난 절대로 잊으면 안 돼. 여보, 알았지?

뭉텅뭉텅 잘려 나가는 당신의 기억 속에 내가 아직 남아 있다는 것을 위안으로 삼으며 지내는 하루하루였다.

손바닥만 한 마당이 있는 집을 처음으로 장만했을 때, 봄이 오기 전이면 당신은 거기에 꽃씨나 꽃모종을 심곤 했다. 당신은 어깨를 약간 으쓱하며 무용담처럼 말했다.

이만하믄 내가 성공한 거 아이가. 백육십 개가 넘는 계단을 오르락내리락하믄서 신문 배달, 우유배달, 아이스케키 장사, 호떡 장사…. 안 해 본 기 없다. 그놈의 계단을 쳐다보믄 기함이 나왔어도, 그걸 하나씩 밟고 오를 때마다 내가 쪼매이라도 높아진다꼬 생각하께나 기분이 좋아지더라꼬. 계단 꼭대기에 터억 올라서믄 눈앞에 쫘악 펼쳐진 산복도로가 내 앞날 겉고. 또 콘크리트 바닥 틈새로 삐죽삐죽 올라오는 풀이나 꽃을 보는 재미도 쏠쏠했제.

하지만 그때는 당신이 내게 정작 하지 않은 말이 있었다.

전쟁 중에 유복자를 낳은 당신의 어머니가 일고여덟 살 먹은 당신을 두고 매서운 바람 속으로 사라지면서 했던 약속. "석아, 여어 꽃이 피믄 꼭 니를 데리러 올 끼다. 그때꺼정 기다리 래이." 그 약속을 믿고 해마다 당신은 꽃이 피길 기다렸다고, 언젠가부터 기다리다 못해 직접 꽃씨를 심기도 했다고, 몇 년 전에야 당신은 문득 생각난 듯이 말했다.

그라다가 마아… 나중에는 싱거버지데. 꽃이… 어데 있더 노. 자식새끼들캉… 묵고살기도 바뿐데. 우리 어무이도 참, 우째…그런 약속을 하셨을꼬. 소싯적에 내가 뿌린 꽃씨가… 그 계단 틈새 어디쯤에 한두 번은… 피어 줬겠제.

해 질 녘, 목련 나무 아래에서 당신의 목소리가 내 가슴 위로 뚝뚝 목련 떨어지는 소리가 되어 몇 번 끊어졌다 이어졌다가 했다. 먹먹해진 가슴을 들키기 싫어 난 딴청을 부렸다.

언제 한번 백육십 여덟 계단으로 행차를 해 보실까? 당신 꽃들이 잘 피었나 살펴보게. 꽃 피는 봄날을 우리, 앞으로 몇 번이나 더 볼 수 있을까?

몇십 번이나 계속될 줄 알았던 우리의 봄이 불과 몇 번밖에 남지 않았다는 걸 그때는 당신도, 나도 알지 못했었다. 만약 알았더라면 장난 삼아 제안했던 '168계단 행차'를 꼭 실행했 을 텐데….

꽃이 당신에게 어머니였다는 걸 나는 당신이 떠난 다음에야 알았다. 당신의 지갑 속에서 어머니 사진을 발견하고 제대로 들여다볼 틈도 없이, 사진 뒷면에 잔뜩 그려진 꽃을 보고 말았다. 무심하고 둔감했던 내 자신을 탓해 봐야 아무런 소용이 없었다. 모든 기억을 다 지운 당신이 세상을 떠나기 전까지 꽃을 그렸던 이유를 어쩌자고 나는 알지 못했을까?

오늘은 당신의 첫 기일. 제사상 대신 당신이 오르내렸다는 168계단[9] 곳곳에 당신이 그린 꽃 그림들을 세워둔다. 그것들은 불어오는 바람에 팔락거리며 어디든 날아가 꽃을 피울 기세다. 나는 꽃 그림들을 보며 계단을 하나씩 오른다, 아직 어린 당신의 다리가 되어서. 마지막 계단 위로 발을 내딛는 순간, 내 눈앞에 꽃들이 여기저기서 화들짝 피어난다. 내가 오기를 기다렸다는 듯…. 당신이 만들어 놓은 꽃 천지 속으로 나는 천천히 걸어 들어가다가 하늘을 올려다본다. 흰 구름이 엷게 깔린 하늘에서 햇살이 아른거린다. 나는 부신 눈을 가느스름하게 뜨고서 나지막한 목소리로 말을 건넨다.

---

9   168계단: 부산시 동구 초량동에 있는 계단
     일제강점기와 한국전쟁을 겪으며 피란민들이 이곳 산복도로 마을에 정착
     했고, 계단은 그들의 삶의 통로가 되었음

당신, 거기서는 어머니 만났어?

｜엄현주

평사리 문학 대상, 법계문학상, 작가포럼문학상, 아르코 창작기금 수혜
창작집:『투망』,『불꽃선인장』
장편소설:「참 좋은 시간이었어요」,「온화한 슬픔」

망둥이

김일형

두리번거리던 놈의 동공이 멈춘다.

계산 따위는 얼씬 못하지.

투구를 뒤집어쓴 것 같은 머리의 9할은 입이다. 성질도 급하다. 움직임도 빠르다. 전투에 나선 병사처럼 물러섬도 없다. 먹이를 발견하면 통째로 삼킨다. 누르스름한 놈이 낚싯줄을 끌고 갈 때는 마차가 비포장도로를 터덜거리며 달리는 것 같이 팔과 어깨까지 흔들어 버린다.

손에 착 감기는 건 왕대나무다. 그래 이 정도는 되어야지.

초보 낚시꾼은 놈의 날카로운 이빨에 허망히 줄을 잃었다.

경험자는 다르다. 제멋대로 가는 일소의 고삐를 잡아끌듯 손목으로 날쌔게 잡아챈다. 놈이 갈지 자를 그리며 수면 위로 튀어 올라 바람개비처럼 팔랑인다. 방심은 금물 머리 위에서 두세 바퀴 원을 그리며 놈의 뱃속에 헛바람을 집어넣는다. 놈은 뻘에 박힌 말뚝처럼 고요하다.

이때다 싶어 가까이 잡아당긴다. 놈은 기다렸다는 듯이 큰 입을 쩍하고 벌린다. 쥐눈이콩처럼 작은 눈을 부릅뜬다. 톱니같이 날카로운 이빨에 움찔인다. 흘러내린 아랫도리를 비릿하게 튕긴다. 얼굴을 닦아 낼 여유도 없다. 놈의 힘은 입에서 나온다. 자물통처럼 잠겨 버린 주둥이가 찢기어져서야 바늘을 내놓는다.

나뭇잎도 바짝 비틀리는 이맘때 빠른 놈은 손바닥 길이보다 크다. 찰지게 잡힌다. 속살이 짱짱한 몸에 가을빛이 깊게 스며 있다.

꾸덕꾸덕 말린 놈들을 걷어와 석덕석덕 애호박을 썰어 넣고 땡초와 육젓으로 간 맞춰 바글바글 끓이면 막걸리를 드시던 아버지의 입꼬리는 그네를 탔다.

생선 좌판에도 끼지 못하던 놈들. 서산 동부시장 할머니가 펼쳐 놓은 보따리에 비쩍 마른 얼굴을 내밀었다. 지나가던 할아버지들의 시선이 멈칫거린다. 금방이라도 펄떡이며 커다란 입을 쩍 벌릴 것 같다. 내 입꼬리도 살며시 그네에 오른다.

▌김일형

월간 《시》 제1회 윤동주 신인문학상으로 작품활동. 시집 『눈발 날린다 풀씨를 뿌리자』, 『밤의 경계』, 『이름 없이 이름도 없이』, 『천년스승, 고운 최치원』, 제63회 충남문화상 수상

어머니와의 식사

임나라

사람들은 그를 '섬강 사람'이라 불렀다.

중소 도시로 나가 고등학교와 대학에서 ROTC 교육을 이수한 후, 임관하여 문서 작성하는 일을 도맡아 해왔다. 그는 자주 고향의 '아름다운 섬강'에 대한 이야기를 들려주었다.

그래서 그는 섬강 사람이 되었다.

하지만 사람들이 그를 섬강 사람이라 부르는 데에는 여러 속뜻이 있다는 것을 알 만한 사람은 다 알고 있을 터이다.

순박한 사람? 우직한 시골 촌놈? 용맹한 장수? 크레믈린?

그러나 겉으로 드러내지는 않았다.

그런 그가 도시 생활을 접고, 고향 섬강 마을로 돌아왔다. 고향 집에는 암 수술을 받은 그의 어머니가 여전히 살고 계셨다.

헌 집을 수선하고, 소 오십 마리를 사들여 목판에 『섬강목장연구소』라 쓴 간판을 산벚나무 아래 내걸었다. 내년쯤 소의 수를 늘려 갈 참이었다.

이른 새벽이면 어김없이 일어나 소에게 사료를 주고 방목을 시킨 후, 목장 청소를 하여 청결을 유지하는 것을 원칙으로 하는 나날들을 보냈다. 보람 있고 즐거웠다.

그는 도시에서 타고 다니던 오래된 차를 몰고 어디로든 씽씽 달렸다. 길을 달리다 ㄱ자로 허리 굽은 노인들을 만나면 차를 세워 집까지 태워다 드리는 일들은 물론 동네에서 일어나는 소소한 일들을 앞장서서 해결해 나가곤 해서 '맥가이버'란 별명이 따라붙는 것을 동네 사람 대부분 이상하게 여기지 않았다. 저녁이면 방범대에 가서 봉사하는 일도 어김없이 지켜 나갔다. 그는 언제나 싱글벙글 웃으며 다녔다. 그의 등장에 동네는 새롭게 변화해 가고 있었다.

도시물이 들지 않고 순박하네. 시골 촌놈 티는 여직 못 벗은 거 같구먼, 허허. 장교였다더니 과연 저 튼실한 장딴지와 왕두꺼비 겉은 손을 좀 보게나. 섬강 깊은 바닥에서 튀어 오르는 용맹한 장수였을지 모르지. 군에서도 아무나 갈 수 없는 특수부대 요원이었대지, 아마?

그러다가 그는 오래지 않아, 신변을 알 수 없는 신기한 사람이 되어 갔다.

　그는 동네 사람들과 정담을 나누거나 술마당 같은 데엔 거리를 두며 살았다.

　열심히 소를 키웠고, 농작물에 관한 연구를 하느라 책 읽기에 여념이 없었고, 읍에 나가 봉사활동을 하고, 어머니를 돌보는 일을 게을리하지 않는 생활을 해 나갔다. 그의 생활은 규칙적이었다.

　강물 위로 하얀 햇살이 눈부시게 빛나던 어느 한여름, 강변에 '와인샵'이 새로 생겼다. 낮에는 트랙터를 몰고 너른 들판과 가파른 산을 내달리며 일하던 젊은이와 중장년들이 너도나도 신바람이 나서 해가 기울기 무섭게 자석에 이끌리듯 와인샵 도어를 부서져라 밀고 들어서기 바빴다. 모두 승리의 전장에서 돌아온 전사들 같았다. 매일 밤 그들의 와인 파티는 늦도록 계속되었다. 막걸리나 소주에 두부두루치기를 즐겨 먹던 입들은 이제 비싼 건지 싼 건지도 모를 와인에 오징어, 땅콩을 먹으며 수시로 유리잔을 부딪쳐 보는 재미 또한 구름 위를 넘나드는 기분에 시간 모르고 희희낙락하기 바빴다.

　그는 소문을 들었으나 그곳에 가지 않았다.

　"야, 오늘은 잘난 내 동창놈 좀 불러 볼까? 너, 당장 와인샵으로 왓."

어린 시절에 함께 학교 다니던 친구 M이 술에 취한 목소리로 전화를 걸어왔다.

그는 잠시 망설이다가 집을 나섰다. 태어나 집을 한 번도 떠나 본 적이 없는 M이었다. 또래 친구 K와 Y도 함께 있었다. 모두 술에 취해 있었다.

"우와, 내 말이 무섭긴 무섭나 보네? 아암, 이 동네를 지켜 온 토배기를 몰라 보면 안 되지. 내가 어떻게 고향을 지켜 왔는데? 싼 술은 안 마실 테고, 와인은 마시겠지?"

M은 마시던 유리잔에 와인을 넘칠 듯 따라 그에게 내밀었다.

"술은 안 마셔."

"고향 친굴 무시하면 안 되지. 성공? 너, 뭐하다 온 놈인 줄 우리가 모를 줄 알어? 별것도 아닌 주제에…. 너, 간첩질하다 왔다는 소문 온 읍내에 파다하게 퍼진 거 알어, 몰러?"

M, K, Y, 셋이 유리잔을 부딪치며 키들거렸다.

그는 순간 벌떡 일어서며 왕두꺼비 손을 부르르 떨었다. 내려칠 듯하던 주먹이 공중을 휘둘렀다.

M, K, Y의 게게 풀린 눈들이 공중의 주먹을 쫓느라 이리저리 흔들거렸다.

그는 M 쪽을 향해 의자를 발로 차 버리곤 문을 나섰다. 곧이어, 아이쿠, 나 폭행당했네, 하는 소리를 들었다. 십여 분

후, 그는 M과 함께 앵앵 달려온 호송차에 실려 파출소로 실려 갔다. 담당자는 여자였는데 처음엔 조사관인가 싶더니, M과 농담을 주고받은 뒤부터는 차츰 심문관의 어조로 변해 갔다. 커피믹스도 달래서 마시는 M과는 평소 잘 아는 사이인 듯했다. 사안이 중대하다고 했다. 폭행죄와 간첩으로 의심할 만한 정황이 고려된다는 신고가 들어왔기 때문에 내일 위 담당관이 출근할 때까지 기다려야 한다며 그에게 턱으로 구석 소파 자리를 가리켰다. 담당 여자는 퇴근하고, M은 긴 의자에 누워 쿨쿨 자기 시작했다. 그는 검은 밤을 뜬눈으로 하얗게 지샜다.

출근한 뒤 아침 업무를 보고 난 관료에 의해 그는 오전 내내 똑같은 질문을 받고 대답해야 했다. 폭행은 왜 했느냐, 간첩으로 오인받을 일을 대라, 엄중한 일이다. 관료는 굳이 그의 대답을 듣고자 하는 것 같진 않았다. 일정한 간격으로 침묵이 흐른 뒤, 관료는 또다시 똑같은 질문을 던졌다. 그는 점심때마저 지나자, 어머니의 식사를 챙겨 드려야 한다며 곧 다시 와서 조사를 받겠노라 약속을 한 뒤에야 잠시 풀려났다. 관료는 머리를 벅벅 긁으며 별 대수롭잖다는 듯이 그만 가 보라는 뜻으로 팔을 뻗어 내저었다. 그는 밤새 패대기쳐진 자신의 몰골을 보며 온몸을 떨었다. '무고죄로 너희들을 고발하여 형사

재판을 받게 하리라. 나는 너희들이 모르는 국가의 기밀문서 작성을 하는 요직에 있었을 뿐이야.'

그때 그는 휠체어를 앞세워 의지한 채 힘겹게 걸어 내려오는 그의 어머니의 모습을 보았다. 어머니는 밤새 돌아오지 않는 그를 마중하러 오는 길일 것이다. 어머니의 한쪽 손에는 하얀 목수국꽃 한 다발이 들려 있었다. 그의 눈에 어머니는 성모 마리아였다. 그는 주먹을 불끈 쥐고 있던 왕두꺼비 손을 활짝 펼쳐 흔들어 보였다.

"어머니, 오늘은 우리 짜장면과 탕수육을 먹으러 가요."

기쁜 날이면 사 먹던 특별요리였다.

어머니는 가끔 말씀하셨다.

"네 아버지는 목수국 꽃말이 '변치 않는 사랑'이라고 하셨지."

▌임나라

서울신문과 대전일보 신춘문예 동화로 당선. 동화집 「밥 태우는 엄마」, 그림책 「수연언니」 등. 한국카톨릭문인회, 한국미니픽션작가회 활동 미니픽션 「두 연인」으로 제3회 천안문학상(2024년) 수상

집

이지희

거짓말로 쌓은 집은 따뜻했다. 착각이 곁을 내주기도 했다.

진실은 늘 추위에 떨었고, 숨길 그림자도 없이 밖에서 밤을 맞았다.

그는 얼어 죽지 않으려고 매일 더 정교한 거짓말을 장작처럼 집어넣었다.

찌직찌직

이하언

애앵~ 소리에 고개 들어 보니 모기 한 마리가 맴돌고 있었다. 병숙은 설거지통에 담겨 있던 두 손을 쳐들었다. 짝! 모기는 유유히 날아가 버리고 마주친 젖은 손바닥에서 물방울이 튀어 병숙의 얼굴을 적셨다. 병숙은 팔로 대충 얼굴의 물기를 닦았다.

병숙은 모기를 특히 질색했다. 알레르기가 있어서 모기에게 물리면 유난히 벌겋게 붓고 심하게 가려울 뿐만 아니라 흉터도 오래 남기 때문이었다. 모기가 날아간 쪽과 벽에 걸린 전기모기채를 번갈아 보던 병숙은 고개를 한번 내젓고 설거지를 계속했다.

소파에 앉아 텔레비전을 보고 있던 시어머니가 불렀다.

"물 좀 다오."

병숙은 세제 거품이 묻은 손을 헹구고 앞치마에 물기를 닦은 후 냉장고로 향했다. 헉! 물컵을 들고 가다가 발밑의 통증에 숨을 들이켰다. 발을 들자 발바닥에 박혀있던 레고 조각 하나가 떨어졌다. 바닥에는 아이가 가지고 놀던 자잘한 레고 조각들과 장난감들이 어지럽게 흩어져 있었다.

비틀대는 바람에 손에 쥐고 있던 컵이 떨어지고 물이 쏟아졌다. 다행히 컵은 깨어지지 않았지만 물은 바닥에서 놀고 있던 아이의 위로 쏟아졌다. 아이는 아아앙, 울음을 터트렸다. 병숙이 수건을 가져와 뒤집어쓴 물기를 닦아 주는 동안에도 아이는 계속 훌쩍댔다. 쯧쯧, 소파에 앉은 시어머니가 미간을 찌푸리며 혀를 찼다.

현관 번호키 누르는 소리가 났다. 동생이 들어섰다. 동생은 울고 있는 아이와 장난감으로 어지러운 집안과 나둥그러진 컵과 바닥의 물 얼룩을 보았다. 병숙은 서둘러 바닥을 닦고 컵을 챙겨 들고 부엌으로 갔다. 새로 물을 떠서 시어머니에게 가져다준 후 동생의 저녁상을 차렸다.

"누나, 웬만하면 집 좀 치우고 살지."

식탁에 앉은 동생이 말했다.

"며칠 전에 친구 데리고 왔는데 그날은 정점을 찍었더라. 싱크대엔 설거지 안 한 그릇들이 가득하지, 바닥에는 장난감들과 벗어둔 옷가지들이 한가득이지…, 앉을 자리도 없어서 발로 쓱쓱 밀어붙였다니까. 근데 그러다 친구 놈 발에 걸렸던 게 뭔지 알아?"

그리고 동생은 낄낄 웃었다.

"누나 빤스."

헉, 병숙은 손으로 입을 틀어막았다.

"그래서 그 친구는 누나 얼굴은 몰라도 누나 꽃무늬 빤스는 알아."

동생이 병숙과 함께 살게 된 것은 동생이 병숙의 집에서 가까운 곳의 대학을 합격하면서였다. 엄마가 동생을 부탁했을 때 병숙은 기꺼이 받아들였다. 부모님이 막 시작한 음식점이 코로나로 직격탄을 맞은 후 여전히 고전 중인 걸 알기에 그렇게라도 도움이 되어 주고 싶었다.

다행히 시어머니와 남편도 동생을 좋아했다. 동생은 성격이 시원시원하여 친구도 많았고 어른들 비위를 맞춰줄 줄도 알았다. 그런데 덩치가 큰 만큼 먹는 양도 많은 동생이 집에 들어오자 생활비가 급격하게 늘었다. 병숙은 원래 파트타임으로 마트에 나가고 있었지만 몰래 동생에게 용돈까지 찔러

주려니 일하는 시간을 더 늘릴 수밖에 없었다.

남편이 새벽에 출근하고 나면 시어머니와 동생과 아이의 상을 차려 주고, 선 채로 한술 뜬 병숙은 부지런히 출근 준비를 했다. 그런 후 동생은 학교 가고 시어머니는 문화센터나 친구들 모임에 가고 병숙은 출근길에 아이를 어린이집에 데려다주었다. 퇴근하면서 병숙은 어린이집에서 아이를 데리고 와서 저녁 준비를 했다. 그러다 보니 제일 미루게 되는 집안일이 정리정돈이었다.

밥을 먹은 동생은 텔레비전 보는 시어머니 옆에 앉았다. 동생은 방으로 바로 들어가지 않고 잠시라도 시어머니의 말벗이 되어 주곤 했다. 시어머니는 동생과 달리 무뚝뚝한 며느리에 대한 불만을 털어놓았고 동생은 시어머니가 기분 좋아할 만한 말로 맞장구를 쳐 주었다. 동생의 밥상을 치우는데 남편이 들어왔다. 다시 남편의 상을 차렸다. 아이 입맛인 남편은 시어머니 입맛에 맞춘 반찬들이 입에 안 맞다고 불평했다.

귓전에 애앵 대는 모기 소리가 다시 들렸다. 병숙은 얼른 전기모기채를 찾아들었다. 남편 등에 모기가 붙어있었다. 병숙은 날쌔게 전기모기채로 내려쳤다.

찌직,

모기가 타들어 가는 소리가 났다.

병숙의 뒷담화로 의기투합한 시어머니와 동생 주위에도 모기가 날아다녔다. 병숙은 달려가 전기모기채를 휘둘렀다. 찌직찌직. 칭얼대는 아이 옆에도 모기가 있었다. 병숙이 휘두르는 전기모기채를 피하지 못하고 타들어 가는 모기들의 소리가 사뭇 경쾌했다.

찌직찌직.

찌직찌직.

▌ 이하언

단편 소설 「달집 태우기」로 《평화신문》 신춘문예 당선
소설 「검은 호수」로 토지문학제 평사리문학대상 수상
소설집 『검은 호수』, 『무한의 오로라』, 미니픽션집 『비둘기 모텔』 외

한 발자국 앞

이지희

내가 박 상무의 아내에게 찾아갔을 때, 그녀는 식탁인지 책상인지 애매한 원형 테이블 앞에서 뭔가에 골몰하고 있었다. 잘게 썰어 놓은 표고버섯조각과 애호박이 놓여 있었다. 그녀는 뒤에 놓인 미니 오븐을 열어 뭔가를 구웠다가 빼내곤 했다. 구수하지도 달콤하지도 않은 미증유의 내음이 풍겼다, 오셨어요? 잠깐만요, 이것만 완성해 놓구요. 그녀는 익숙한 동작으로 콩나물과 채 썰어 둔 당근을 집어 들어 버섯과 호박을 한데 모았다.

"비빔밥 만드시나 봅니다."

"네. 맛깔스러워 보이지요? 참 소고기 갈아 넣어야지."

그녀가 그릇에, 갈색의 기이한 액체를 부을 때까지도, 그리고 곧이어 한 손에 쥔 열풍기에서 요란한 소리가 나기 전까지도, 나는 입맛을 다실 뻔했다. 그녀가 열풍기로 아크릴 물감을 굳혀 가며 비벼서 뭉치는 것은 분명 간 소고기였는데…, 그제서야 여기저기 놓인 버섯과 호박, 당근 모양이 있는 실리콘 몰딩 틀이 보였다. 알 수 없는 경원이었을까, 가까이 다가가던 한 발을 나도 모르게 빼고 있었다. 실제 비빔밥 재료와 구분이 되지 않는 저 복제의 기예, 감탄과 동시에 무언지 모를 사념 한 줄기가 나를 휘감았다. 가만히 영접해 주던 시간이 한순간 사라져 버리는 찰나의 가벼움이라고 치부해도 상관없을 것이다. 나는 이곳에 내가 온 이유를 새삼 되새겼다.

"오 차장, 벌써 상반기 마감이 나흘 앞이야. 수치가 좀 아쉬워, 이대로 가면 본사에서 내려오는 임원쿼터 힘들 텐데." '임원쿼터'라는 네 글자. 아이들의 자는 모습만 마주해야 했던 지난 20년간의 야근, 주말 나들이 한번 못 간 아내의 울상, 작년 건강검진에서 발견된 십이지장궤양까지. 그 모든 보상이 달려 있는 단어. 이틀 전 박 상무는 내 가슴에 네 글자로 비수를 꽂고는 저녁에 한이옥에서 보자는 쪽지를 건넸다. 우리 집사람이 그 한정식집 잘 알거든, 좋은 자리 예약했어. 상무는 집사람이라는 말을 할 때마다 부부 금슬을 자랑하기라도 하듯

이가 드러나게 웃었다.

한이옥 구석 자리의 공기는 냉각기 바람 때문인지, 박 상무가 내뱉는 말의 무게 때문인지 서늘했다. 음식이 나오기 전 상무는 볼펜 끝으로 리포트를 툭툭 건드렸다. 붉은 펜으로 사정없이 그어진 미달성 수치들이 어디선가 배어 나오는 선혈 같았다. 음식이 나오자 상무가 몸을 앞으로 숙여 나직하게 말했다. "선매출 좀 잡자고." 경기침체로 결제를 다음 달로 미루고 싶어 하는 거래처들에게 설득이 소용없다는 것을 상무는 잘 알고 있는 듯했다. 조양유통 있지? 거기 강 사장이랑 형님 동생 하니까. 거기다 물건 일단 나간 걸로 전산처리하고, 실제 물량은 우리 창고에 묶어 둬. 세금계산서 미리 끊어 놓으라고!. 그리고 우리 집사람 개인사업자 운영하는 거 있으니까 물건 수령증 사인 좀 받아와, 내가 선결제해 놓았고."

내 표정을 본 그녀가 소리 내어 웃기 시작했고, 그 웃음은 그럴 줄 알았다는 듯 경묘했다.

"음식 모형이에요. 법원 옆 한정식집 한이옥이랑 레스토랑 음식 모형을 제가 다 납품하거든요. 후후" 그녀는 쌀 모형에 아크릴 락카를 붓고 섞더니 비빔밥 재료 맨 밑에 밥알을 깔았다. 이어 몰딩 틀에 노란색 액체를 붓고 오븐에 넣어 살짝 굳힌 뒤, 흰색 염화 액체를 또 부어 오븐에 넣었다 뺐다. 몰랑하고 완벽해 보이는 계란프라이가 눈앞에 있었다.

"비빔밥 화룡점정이 바로 계란프라이죠. 이렇게 약간 구겨야 자연스럽답니다."

빈틈이 있어야 실물 같아 보인다는 듯, 그녀는 계란프라이의 귀퉁이를 일부러 구겨서 올렸다. 아크릴 락카를 그 위에 바르니 비빔밥은 윤기를 한껏 뽐내었다. 나는 허위 매출 결제 사인 받는 것도 잊은 채 음식 모형에 심취해 있었다. 그녀가 참깨 통을 꺼내 참깨를 솔솔 뿌릴 때 나도 모르게 소리를 질렀다.

"어? 그건 진짜 참깨 아닌가요?

"맞아요. 참깨는 진짜예요"

나는 진짜 참깨를 솔솔 뿌리는 그녀의 행동에 말갈망도 하지 못할 실수를 내뱉고 말았다. "두 분께서 늘 참깨 쏟아지신다고 들었습니다." 그다음에 이어진 그녀의 단호한 응수가 없었더라면, 나는 활짝 열린 창문 옆으로 한 발자국 옮기지 않았을 것이다. 모든 그림자를 지워 버릴 듯 기세등등한 오후의 태양을 느끼지 못했을 것이고, 낮의 길이가 조금씩 짧아질 거라는 걸, 가장 뜨겁게 타오르는 순간이 이미 소멸을 예약한 시간이라는 걸 알지 못했을 것이다.

"차장님, 우리 부부 담 달에 이혼해요."

물건수령증에 사인을 받고 나서는데도, 나는 여름의 열기 속으로 깊숙하게 들어가는 느낌이었다. 그 열기에 진액이 빠져나가는 동시에, 조금 전 그녀의 목소리가 들리는 듯했다.

"음식 모형은 맛과 향은 없어도 영원불변의 고체가 주는 위안, 뭐 그런 게 있어요."

아무래도 나는 바짝 입이 말랐다.

"상무님, 그건 명백한 가공 매출입니다. 만약 내부 감사라도 뜨면 저나 상무님이나⋯."

"오 차장" 상무가 말을 자르며 천천히 자리에서 일어났다. 내 어깨 위에 얹은 그의 손은 둔탁한 족쇄가 되어 있었다. "감사는 누가 하는데? 내 라인인 것 몰라? 허위가 아니고 조정 가지고 뭘 그러나. 다음 달에 들어올 매출 며칠만 당겨오는 것뿐이야. 자네, 이번에 '상무보' 추천 명단에 내 손으로 직접 이름 올렸어, 이번 고비만 넘기면 우리 같이 가는 거야. 알지?"

나는 고등학생이 되는 딸의 학원비와 아직도 갚아야 하는 아파트 대출금을 떠올렸다. 아내의 눈치와 퇴직 후의 막막함도 안개처럼 사라질 것 같은 '상무보'. 상무와 나만이 아는 영업기밀이 상무보를 보장해 준다면… 대답 대신 고개가 숙여졌다.

삼십오 도의 폭염으로 도시는 침묵의 용광로 속에 갇혀 있었다. 공기는 숨을 들이켤 때마다 폐부를 태우는 뜨거운 납덩어리가 되어 밀려들었다. 시간마저 열기에 녹아 끈적하게 달라붙는 저녁에 박 상무는 또 한이옥에서 만나자고 했다. 나는 조양유통 쪽에서 반품 처리를 요구하면 그 역분개 수량은 어떻게 감당할지 물어봐야겠다고 생각했다. 뒷수습의 두려움이 아스팔트의 지열만큼이나 검은 입을 벌렸다. 한이옥 입구에 도착했을 때 평소엔 지나쳤던 모형 음식 쇼케이스가 눈에 띄었다. 한 발자국 더 앞으로 가 그 쇼케이스 안을 들여다보지 않았더라면 좋았을까. 비빔밥이며 갈비탕, 야채 불고기, 궁중 잡채가. 불변의 고체가, 박 상무의 아내가 위안이라 여겼던, 실물보다 더 위엄 있는 그 윤기가 속수무책으로 녹아 흘러내려 있는 것을, 안간힘으로 매어둔 믿음 같은 것이 의지가지없이 쏟아져 있는 것을 보고 말았다. 나는 가슴에 걸린 빗장이 부러지듯이 하염없었다. 안 들어오고 뭐 해! 박 상무가 나를 부르는 소리가 들렸다. 약속된 저녁 한 끼는 흘러내리지 않았다.

이지희

시인, 방송 시나리오 작가
23년 대구문화재단 선정 발간 시집 『아침수건을 망각이라 불러야겠어』
21년 아르코 작품(시) 선정

터널; 이터널

이성우

보는 드디어 임무를 하달받았다. 조장을 단 지 만 3년 만이었다. 조직 내에서 최고의 성과를 내 온 그에게 기약 없는 훈련의 반복은 절망에 가까웠다. 회사의 특성상 1년 이상 임무가 주어지지 않으면 그것은 퇴출이나 폐기를 의미했다. 퇴출의 경우는 단순히 회사를 나가는 것이었지만 폐기는 죽음과 같은 단어였다. 물론 임무조가 폐기된 예는 단 2건에 불과할 정도로 극히 드문 일이었다. 여러 가지 설이 떠돌았지만 구체적인 이유는 알려지지 않았다. 보는 항상 레드라인을 밟고 서 있는 느낌이었다. 팀이 아직 살아남아 있는 이유를 누구도 말해 주지 않았다.

사실 회사의 정책을 위반하지 않는 한 폐기 될 가능성은 없었기 때문에 사람들이 두려워하는 것은 퇴출이었다. 반복적인 작전 실패나 신원의 유출, 치명적인 부상 등이 주로 퇴출의 이유였다. 거액의 퇴직금이 지급되고 새로운 신분을 제공한다고 하지만 퇴출자들이 어떻게 됐는지 아는 사람은 없었다. 비밀이 많은 회사의 특성상 퇴출이 곧 죽음일 수도 있었다. 무영신투(無榮信投)는 겉으로 금융회사였지만 실제 내용은 무영신투(無影神偸)였다. 정보와 물질의 획득 및 판매를 주업으로 하고 금융업은 대외 위장용 부업이었다. 사원들 대부분은 의심할 여지없이 평범한 금융회사 직원이었다. 보도 평범한 금융맨으로 임사했지만 CCT(항공특수통제사) 출신이라는 이력이 신투(信投)에서 신투(神偸)로 그를 끌어올렸다.

보는 군사위성 탈취나 바티칸 침투와 같이 거의 불가능에 가까운 임무에서도 성과를 만들어 냈다. 단단한 몸과 뛰어난 두뇌 그리고 목표를 위해서는 수단과 방법을 가리지 않는 잔인함까지. 사실상 조직의 에이스였지만 퇴출을 걱정하던 그에게 드디어 떨어진 작전명령, 좀처럼 긴장하지 않는 보의 심장이 두근거렸다. 작전지는 희소물리연구소, 작전명은 구원. 보와 조원들의 침투 목적은 물질 탈취였다. 물질이 정확히 무엇인지 알 필요는 없었다. 연구소에서 가지고 나와야 할 물질의 위치와 형태만 알면 그만이었다. 보는 작전이 임박해서야 그 지옥 같았던 훈련이 연구소 침투를 위한 시뮬레이션임을 알았다. 목표물이 있는 장소와 접근방법은 이미 온몸에 각인되어 있을 정도였다. 지난 3년간 매일같이 반복한 훈련의 결과였다. 보의 작전팀은 SS7-보로 명명되었다.

작전이 시작되자 보는 연구소의 핵심 과학자 7명을 납치하고 지문과 음성, 안구까지 복제했다. 그는 인간 내면의 두려움을 극대화시키는 방법을 알았다. 보는 그들이 사랑하는 어떤 것도 작전을 위해 파괴할 수 있었다. 시간을 끌면 정체가 드러나고 모든 보안코드가 변경될 것이다. 탈취해야 할 물질 A는 지하 1,500미터, 액체질소 체임버 속, 특수 용기에 보관되어 있었다. 용기는 긴 원통형 구조로 무게는 1톤에 가까웠다.

7명의 작전팀은 한 치의 오차도 없이 준비된 대로 움직였다. 정문을 통과해서 연구소로 진입, 물질저장고 접근, 물질 반출까지 일사천리로 이루어졌다. 권한이 집중된 연구소장을 납치한 것이 주효했다. 하지만 가장 어려운 단계가 남아 있었다. 보는 고문 끝에 입을 연 연구소장의 마지막 말을 떠올렸다.

"물질을 손에 넣는 것까지는 쉽겠지만 연구소 밖으로 가지고 나오기는 어려울 거요. 그놈이 연구소 밖으로 한 발짝이라도 나오면 세계적 비상사태라고. 국정원은 물론이고 CIA, 모사드, MI-6, 러시아의 SVR까지 움직일 거요. 왜냐고? 그곳에 보관되

어 있는 게 지구를 날려 버릴 수도 있는 반물질(Antimatter)이
니까."

"반물질이라…, 근데 지구가 날아간다고?"

"무기화한다면 지구는 확실히 날아가겠지. 누가 그걸 원하
는지 모르겠지만 아마 모두에게 지옥이 될 거요."

"지금도 난 지옥이니까. 어쨌든 그 반물질이라는 녀석을 빼
낼 수 있는 안전한 방법은 있겠지요. 소장님께서 말씀해 주셔
야 하나뿐인 아들이 당당한 남자로 살아가지 않겠습니까? 물
론 아들이 거세당하는 것으로 그치지는 않겠지만…."

"그게 무슨 말이야! 가족까지…."

"소장님께서 우리가 원하는 답을 주시면 가족들은 안전하
겠지요. 그 반대라면 상상 이상일 겁니다."

소장의 말에 따르면 반물질을 안전하게 연구소 밖으로 빼
내기 위해서는 반드시 9개의 터널 중 하나를 통과해야 했다.
터널은 10분 단위로 내부의 구조와 성질이 바뀌도록 설계되
어 있다고 한다. 10분 안에 통과하지 못하면 터널에서 영원히
빠져나오지 못할 수도 있다고 했다. 10분 안에 통과해야 할
터널은 붉은색이었다.

지하 500미터 지점, 보의 눈앞에 9개의 터널이 나타났다.
보는 붉은색의 터널을 응시했다. 이제 곧 터널의 색이 바뀔

것이다. 빨주노초파남보흑백의 색이 뒤섞이기 시작했다. 레드, 보와 팀원들을 태운 승합차가 붉은색 터널 안으로 돌진했다. 끝이 보이지 않는 터널 속에서 반물질은 담은 용기가 붉은빛을 내며 위태롭게 깜빡였다.

타이머가 10분에 가까워졌지만 출구는 보이지 않았다. 소장에게 속은 것인가? 팀원 A가 승합차의 상향등을 켜자 터널의 출구가 눈앞에서 빠르게 멀어지고 있는 모습이 보였다. 자동차가 가속되는 것보다 더 빠르게 터널이 달아나고 있었다. 출구는 레드가 아닐지도 몰랐다.

보는 10분에 맞춰진 타이머를 눌렀다. 반물질 용기를 둘러맨 팀원들이 일제히 터널 안으로 뛰어들었다. 빠르게 달렸지만 그들은 출구로부터 점점 멀어지고 있었다. 팀원 B가 말했다. 저희가 거꾸로 달리고 있는 것 같은데요. 들어왔던 입구도 자꾸만 뒤로 물러나고 있는 것 같고, 보세요. 저기 출구가 계속 멀어지고 있잖아요. 그렇다고 들어왔던 입구가 가까워지는 것도 아니고.

보가 단추를 누르자 타이머가 10을 향해 빠르게 움직였다. 승합차가 속도를 올리자 멀리 밝게 빛나는 출구가 보였다. 자동차는 채 3분이 지나지 않아 출구에 도달했다. 그러나 기쁨도 잠시 출구를 통과한 승합차는 다시 터널 속을 달리고 있었다. 출구를 여러 개 지났지만 승합차는 계속 터널 속이었다. 팀원 C가 말했다. 터널이 끝없이 이어지고 있는 것 같아요. 터널의 끝은 또 다른 터널의 입구일 뿐이었다. 시간이 10분에 가까워지고 있었다.

레드, 승합차가 다시 붉은색 터널로 돌진했다. 자동차가 속도를 올리자 시간이 빠르게 흘렀다. 하지만 터널의 풍경은 전혀 변화가 없었다. 팀원 D가 말했다. 자동차가 허공에 떠 있는 것 같아요. 승합차는 속도를 올리고 있었지만 바깥 풍경은 아무 변화도 없이 고정되어 있었다.

보가 타이머를 눌렀다. 레드! 보와 팀원들은 일제히 붉은색 터널로 뛰어들었다. 그들은 빠르게 터널을 통과하고 있었다. 그러나 아무리 속도를 올려도 출구에 도달할 수 없었다. 시간이 경과할수록 터널은 점점 더 거대해지고 있는 것 같았다. 도무지 끝이 보이지 않았다. 팀원 E가 말했다. 우리가 작아지고 있는 것 같아요. 아니면 터널이 커지는 것이든지….

다시 레드, 승합차가 빠르게 터널 안으로 돌진했다. 붉은빛으로 가득 찬 터널을 빠르게 통과했다. 레드, 승합차가 빠르게 터널 안으로 돌진했다. 다시 레드…, 팀원 F가 말했다. 팀장님 아무래도 우리가 무한루프에 빠진 것 같아요. 아까부터 제자리인 것 같아요.

보는 다시 타이머를 눌렀다. 승합차가 붉은 터널 안으로 돌진했다. 보는 터널을 빠져나갈 수 없는 경우의 수를 떠올렸다. 만약 모든 경우의 수가 채워진다면 터널을 벗어날 수 있을까?

보의 눈앞에서 반짝이는 붉은색 터널은 또 다른 무한 지옥을 만들어 내고 있었다.

1. 그들이 달리는 속도보다 빠르게 터널이 늘어나고 있었다.

2. 그들은 뒷걸음질 치고 터널을 그들이 달리는 속도보다 빠르게 뒤로 늘어나고 있었다.

3. 터널의 끝은 또 다른 터널의 입구였다.

4. 그들은 허공에 떠 있어 앞으로 나아갈 수 없었다.

5. 그들은 그들이 전진하는 속도보다 훨씬 빠르게 작아지고 있었다.

6. 그들이 전진하는 속도보다 훨씬 빠르게 터널이 커지고 있었다.

7. 터널 속을 달리는 꿈을 반복해서 꾸고 있을 뿐 그들은 한 번도 움직인 적이 없었다.

보의 신호에 따라 팀원들은 다시 붉은 터널로 뛰어들었다.

보의 팀은 폐기가 결정되었다. 정확한 이유는 알려지지 않
았다.

｜ 이성우

미니픽션 작가
제2회 부엉이 철학 동화상 수상
동화「선글라스를 낀 개구리」,「모음이 이야기」, 그림책「여우의 꿈」

*팝콘 브레인

조데레사

어둠이 내려앉은 도시는 네온사인이 아닌 파도치는 듯한 빛으로 가득했다. 버스 정류장, 횡단보도, 골목 모퉁이마다 사람들의 얼굴에는 희미한 불빛이 떠 있었고, 그 빛은 사실 모두의 손바닥에서 흘러나오고 있었다. 작은 화면 속에서 튀어 오르는 영상들은 소리 없는 불꽃놀이처럼 단 몇 초 만에 번쩍이며 사라졌고, 그 뒤를 이어 더 강렬한 것이 연이어 피올라왔다. 사람들은 스스로 선택한다고 믿었지만 선택지는 모두 알고리즘이 배치한 길 위에 있었다. 사람들의 눈은 초점을 잃은 듯 흔들렸고, 마치 짧은 자극에만 반응하도록 재배선된 회로처럼 빠르게 깜빡였다. 감정은 부산해졌고, 생각은 조각났으며, 마음속 깊은 울림 대신 바스러지는 파편만이 남았다. 오늘도 도시의 밤은 그 작은 화면 속에서 뿜어져 나오는

불꽃들을 머금고, 조용히 팝콘처럼 부서지는 사람들의 마음
위로 내려앉고 있었다.

　날이 채 밝지 않은 시간, 나는 책상 앞에 앉아 불빛이 꺼진
휴대폰을 바라보고 있었다. 전날 밤 나타났던 그 기묘한 문장.

「피실험자 015호, 집중력 회복 실험 진행 중」

　꿈인지 현실인지조차 헷갈렸지만 그 문장만큼은 또렷하게
떠올랐다. 그때 메시지 알림이 울렸다.

[지유] 학교 가기 전에 잠깐 볼 수 있어?

　나는 안도의 한숨을 내쉬었다. 나에게 지유는 내가 산만해
질수록 유일하게 정신을 집중할 수 있게 해 주는 여자 친구였
다. 학교 본관 뒤편의 정원 벤치에서 만난 지유는 무슨 걱정
이 있는지 표정이 어두웠다.
　"요즘 너 나랑 있어도 계속 딴 데 보고 있어."
　"아니, 그게 아니라…."
　나는 설명하고 싶었지만, 입술에서만 말이 맴돌았다. 머릿

속에는 한두 개의 생각만 들어와도 그것들이 팝콘처럼 튀어 서로를 덮어 버렸다. 지유는 고개를 숙이며 말했다.

"혹시… 나 때문인 줄 알았어. 네가 나랑 있을 때만 유난히 멍해지는 것 같아서…."

그 말에 나는 손사래를 치며 말했다.

"아니야. 진짜 아니야. 나도 요즘… 생각이 이상해. 끊기고, 섞이고… 네가 싫어서가 아니라, 내 머리가, 생각이 사라지고 있는 느낌이 들어."

그때 지유의 휴대폰이 떨렸다. 그리고 그 화면엔 내 것과 똑같은 어제의 문장이 떠 있었다.

「피실험자 016호 — 감정 반응 모니터링 완료」

둘은 말문을 잃었다. 그때, 학교 본관과 연결된 후문 쪽으로 같은 반의 은우가 핸드폰을 들고 멍한 눈으로 걸어오고 있었다. 헤드셋을 목에 걸친 채.

"은우야?"

내가 부르자 은우는 깜짝 놀라 휴대폰 화면을 황급히 뒤집었다. 하지만 이미 화면은 보였고 모서리에 번진 문구는 너무나 익숙했다.

「피실험자 014호 — 감각 자극 실험: 진행 중」

지유가 숨을 삼켰다.

"설마… 너도?"

은우는 피곤이 스민 목소리로 중얼거렸다.

"나만 그런 줄 알았어. 밤새 쇼츠 영상들이 자동 재생되는데 손이 멈추질 않더라. 누가 조종하는 것처럼 말야. 근데 더 무서운 건… 그렇게 안 하면 불안해서 미칠 것 같다는 거야."

은우는 눈을 비볐다.

"요즘 집중이 아예 안 돼. 교과서 한 줄 읽으면 다른 생각이 툭 튀고… 시험지 풀다 보면 갑자기 머릿속에서 영상 장면이 재생돼. 근데, 설마 너희도… 실험 대상이야?"

나와 지유는 서로를 보며 천천히 고개를 끄덕였다.

"근데 그 실험, 대체 누가 하는 거야?"

은우의 질문에 누구도 답하지 못했다. 그때, 세 사람의 휴대폰이 동시에 켜지더니 마치 약속한 듯 같은 메시지가 떴다.

「3개 피실험자 그룹 — 관계적 집중 회복 반응 감지. 3단계 실험 시작」

그리고 다음 문장이 이어졌다.

「모든 실험은 피실험자 본인의 지속적 영상 시청 습관에 의해 자발적으로 실행되었습니다」

지유가 숨이 턱 막힌 듯, 목멘 소리로 말했다.
"우리가… 스스로 시작했다고?"
나는 천천히 기억을 더듬으며 비로소 깨달았다. 누군가 나를 조종한 것이 아니라, 나 스스로 습관을 키워 왔다는 사실을. 계속 짧고 강한 자극에만 적응하고, 잠들기 직전까지 영상에 의존하고, 공부보다 피드와 요약본을 택했던 매순간들. 실험의 발신자는 정확히 누구였는지 몰라도 실험 재료를 만들어 낸 건 정말로 나 자신이었다.
지유는 떨리는 목소리로 말했다.
"우리… 같이 해 볼래? 이 실험에서 빠져나오는 법을."
은우가 피식 웃었다.
"어떻게?"

지유는 휴대폰을 벤치에 내려놓으며 조용히 말했다.

"이제부터는 우리가 서로를 집중시켜 보자."

나도 그 옆에 휴대폰을 뒤집어 두었다. 은우도 잠시 망설이다 천천히 화면을 아래로 뒤집어 내려놓았다. 세 개의 휴대폰이 같은 모습으로 나란히 놓여 있었다.

"어쩌면…우리 셋이서 이야기하는 이 시간이 실험을 멈추는 첫 단계일지도 몰라."

나의 말에 지유와 은우는 소리 없이 웃었다. 잠시 뒤, 모두의 휴대폰에서 동시에 짧은 알림음이 울렸다.

「3단계 실험 중지 — 피실험자 그룹이 '자발적 집중' 상태를 선택했습니다」

문구는 금세 사라졌고, 휴대폰의 화면은 완전히 꺼졌다. 그 순간만큼은 어떤 쇼츠도, 어떤 자극적 영상도, 어떤 알림도 세 사람의 마음을 끊어 놓지 못했다. 세 사람은 조용히 앉아 말없이 서로를 바라보았지만, 그 침묵은 오히려 선명하고 따듯했다. 이젠 핸드폰의 불빛이 아닌, 아침 햇빛이 천천히 세 사람을 따스하게 비추고 있었다.

　＊팝콘 브레인: 사람의 뇌가 디지털 기기의 짧고 강렬한 자극에 익숙해져, 느리거나 약한 자극에 무감각해지는 현상을 말한다.

┃ 조데레사

논술교사. 한국미니픽션작가회 회원. 2019년 한국미니픽션작가회 신인상 수상. 무크지 『미니픽션』에 「새벽 6시」, 「기적을 이루는 사람들」, 「달팽이의 꿈」 등 작품 발표.

지리산 구미호(九尾狐)

이만주

"병신 같은 놈들, 밤새 그 많은 놈 중에 한 놈도 달래는 놈이 없네."

양평의 어느 캠프장. 이른 아침 해장 막걸리를 들이켜던 도훈은 제 귀를 의심했다. 우아한 자태로 노래를 부르던 화가 K가 뱉은 말이었다. 독백처럼 던져진 그 상스러운 도발은 취기 어린 도훈의 가슴에 불을 질렀다. 어안이 벙벙한 도훈을 뒤로하고 K는 홀연히 사라졌으나, 곧 그녀에게서 자신의 번호라는 짧은 문자가 도착했다. 도훈은 홀린 듯 1층 허름한 공간으로 가 그녀를 호출했다. 하지만 정작 나타난 K는 차갑게 쏘아붙였다.

"여기서 뭘 하겠다는 거예요?"

도훈은 비몽사몽 간에 생각했다. 그 말은 환청이었을까, 아니면 은밀한 초대였을까.

축제 같은 캠프가 끝나고 버스에 오르기 직전, K가 다가와 미묘한 눈빛을 건넸다. "전 '지리산 예술인마을'에 살아요. 시간 나면 한번 오세요." 그 야릇한 어투는 도훈에게 확신을 주었다. 양평에서의 독설은 분명 자신을 향한 신호였다고.

여섯 달 뒤, 도훈은 황홀한 밤을 기대하며 지리산행 기차에 몸을 실었다. 구례구역에서 만난 K는 여전히 섹시했고, 섬진강 변 레스토랑에서의 저녁 식사는 핑크빛 환상을 고조시켰다. K는 자신이 사는 곳이 '구례 예술인마을'보다 더 깊숙한 곳에 위치한 '지리산 예술인마을'이라고 설명했다.

도착한 저택은 산골이라 믿기지 않을 만큼 웅장했다. 단둘뿐인 거실, 밤은 깊어 가고 도훈의 가슴은 방망이질 쳤다. 그러나 시간이 흐를수록 공기는 묘하게 뒤틀렸다. 기대했던 술도, 스킨십도 없었다. 밤이 깊자 K는 안방으로 쏙 들어가 버리며 거실에서 자라고 단호히 선을 그었다.

뜬눈으로 밤을 새우며 도훈은 번민했다. '안방 문을 노크해야 하는가, 기다려야 하는가.' 기대는 기이함으로, 기이함은 기괴함으로 변했다. 이튿날 아침, K는 아무 일 없었다는 듯 무표정한 얼굴로 나타나 그를 역에 내려 주었다. 허망한 패배감에 젖어 상경하던 중, 도훈은 안경을 두고 왔음을 깨달았다.

이틀 후, 안경을 전해 주겠다며 인천역으로 나온 K는 뜻밖의 말을 남기고 돌아섰다. "지금 차 안에서 남편이 기다리고 있어요. 가 봐야 해요." 뒤통수를 맞은 듯 멍해진 도훈은 인근 차이나타운의 가장 가까운 중국집으로 찾아들었다. 고량주를 들이키며 혼자 취해 있던 그에게 합석을 청했던 서예가가 정색하며 말했다.

"선생! 제가 구례에서 15년을 살았습니다만, '지리산 예술인마을' 같은 건 없습니다. 구례엔 '구례 예술인마을' 하나뿐이에요."

순간 도훈은 술이 확 깨는 것을 느꼈다. 지리산의 웅장한 마을, 큰 저택 그리고 밤새 안방 문 너머에 존재했던 여인. 자신이 본 것은 무엇이었을까. 서울행 전철에 몸을 기댄 도훈은 스스로 감기는 눈을 이기지 못하고 중얼거렸다.

"내가 지리산 구미호를 만났던 걸까?"

┃ 이만주

시인. 춤비평가. 사진작가. '터키국영항공 한국 CEO'를 지냄. 세계를 여행하며 글을 쓰고, 사진을 찍음. 수필집 『이만주 세계여행 에세이집』, 시집 『다시 맞어야 할 사회계약』, 『삼겹살 애가』, 『괴물의 초상』 출간. 사진개인전 7회.

심장에 타투한 남자

남명희

진홍색 심장을 휘감아 도는 파랑, 빨강 광고 글씨가 그의 시선을 끌었다.

사랑의 확인을 원하십니까?
그렇다면 당신의 심장에 사랑의 문구를 새기십시오.
I LOVE YOU, 혹은 *사랑해!*

한동안 벌렁거리는 심장을 바라보던 그는 다음 글을 보고 곧장 타투 시술소로 갔다.

한 달 특별 세일,
사랑하는 사람과 헤어진 분을 위해
심장 문신 삭제 시술 50퍼센트 할인!

올 김장은

이진훈

방 여사는 입을 댓 발만큼이나 내밀고 거실 바닥에 나뒹굴고 있는 올망졸망한 촌스럽기 짝이 없는 꾸러미들을 이리 차고 저리 차며 씩씩거리고 있다.

"아니, 서울에는 뭐 먹을 것이 없나, 누가 손주 새끼들 굶겨 죽일까 봐 그러나, 마트에 가면 널린 게 먹을 건데 다듬지도 않은 이것들을 누가 먹는대?"

방 여사의 짜증 폭발한 소리에 아이들은 모두 살얼음판을 걷듯, 서리 맞은 고춧대처럼 어깨를 축 늘어뜨린 채 저마다 슬금슬금 눈치껏 제 방으로 피해 버린다. 큰놈이나 작은놈이나 눈치가 100단이라 언제부터인가 엄마의 입이 나오기 시작하는 낌새가 있으면 재빨리 저마다 줄행랑을 놓았다.

남편 만득이만 똥 마려운 강아지처럼 엉거주춤, 갈팡질팡

이러지도 저러지도 못한 채 화장실을 들락거리거나, 방 여사가 걷어찬 꾸러미들을 주섬주섬 모아다 정리하고 있다.

"태어나려면 서울 근교에서나 태어날 것이지 아직도 땅 한 평에 만 원도 안 되는 두메산골에서 태어났냐? 추석이네, 설이네, 어머니 생신이네, 시누네 애들 결혼이네! 뭔 제사는 또 그리 많아? 전 국토가 한나절 생활권이라는데 한 번 갔다 오려면 당일로는 택도 없는 깡촌! 수진이네 봐라, 시댁에서 화성 땅 팔아서 번듯한 아파트 사 주었다잖아!"

만득이는 또 시작이구나 하며 꾸러미들을 풀어 냉장고에, 베란다에, 다용도실에 다람쥐 도토리 물어다 감추듯 하나둘 쟁이고 있다.

베란다로 나가는 만득이 등 뒤로 들으라는 것인지 제 혼자 푸념하는 것인지 방 여사의 볼 불어 터진 소리가 다시 이어진다.

"애는 수시에 합격해서 할머니에게 자랑한다고 김장에 따라 내려간 것인데 등록금은커녕 축하금 봉투 하나 주는 사람이 없네. 할머니나 고모들이나 인정머리가 눈곱만큼도 없어. 그까짓 김치, 호박, 고구마 나부랭이를 누가 좋아한대? 베란다 나간 김에 김치냉장고나 열어 봐. 작년 재작년 김치가 그냥 있어. 길 건너 식당에 묵은지로 팔아다가 큰애 등록금에나 보태든지 해야지."

꾸러미들을 풀어 정리하던 만득이 눈에 다른 것은 다 있는데 이런저런 김치 꾸러미를 넣은 박스 하나가 보이지 않았다. 차 트렁크에 두고 왔나 하고 현관문을 열고 나가려는 찰나, 다시 등 뒤로 방 여사의 앙칼진 쉿소리가 꽂혔다.

"가지 마. 버렸어. 올라오다가 당신 화장실 간 사이에 고속도로 휴게소에 버렸어. 끌고 와 봐야 당신이 본 대로 넣을 데도 없잖아. 애들도 김치는 잘 먹지도 않잖아?"

"뭐야, 버렸다구? 아무리 그래도 그렇지 그걸 버려? 어머니가 손주들 멕인다고 농약도 치지 않고 새벽마다 손으로 배추벌레 잡아 가며 여름내 가으내 키운 것을!"

"당신 두 눈으로 똑똑히 봤잖아. 김치냉장고에 들어갈 자리가 어디 있어? 집구석으로 끌고 들어와 봐야 쑤셔 넣을 데도 없는데. 당신이 등에 지고 살 것도 아니잖아!"

늘 마누라 등쌀에 죽어 살던 만득이가 십수 년 만에 용기백배하여 몸을 부르르 떨며 뭐든 손에 잡히는 대로 집어 던질 기세를 보일 그때, 방 여사의 휴대전화가 울렸다. 방 여사 눈에 발신자 이름 '깡촌할매' 네 글자가 번쩍 눈에 들어왔다.

"네, 어머니 저희 잘 도착했어요. 많이 주셔서 겨우내 잘 먹겠습니다. 근데 너무 많이 주셨어요."

"많긴 그게 뭐가 많냐? 더 좀 가져가래도 애비가 한사코 덜어 놓고 갔다. 겨우내 먹을 생각을 해야지. 하루 이틀 고생해서 김장해 놓으면 겨우내 석 달 열흘은 반찬 걱정 없잖냐? 아무튼 먼길 댕겨가느라 애썼다. 민준이까지 데리고 와서 얼굴 보여 줘서 고맙다. 엊그제 고등핵교 갔다구 한 것 같은데 그게 벌써 대학생이라니! 할아버지가 살아 계셨으면 동네잔치를 열었을 낀데."

"그러게요. 민준이가 벌써 대학생이 되었네요. 등록금 낼 게 걱정이죠. 어머니 김장하시느라 며칠 고생하셨는데 그만 쉬세요."

"야야 잠깐만. 김치 박스 풀었냐? 내 그 박스 바닥에 민준이 등록금에 보태라고 봉투 하나 넣었다. 민준이가 고등핵교 3학년에 올라갈 때부터 남의 집 밭일도 해 주고 무 배추도 내다 팔아서 한 푼 두 푼 모은 것이란다. 니들한테는 적은 돈일지 몰라도 내겐 큰돈이다. 시에미가 못나서 많이 못 해 줘서 미안쿠나. 민준이더러 할미 정성이니 그 돈으로 대학 등록금 내고 공부 열심히 하라 해라. 먼길 댕겨가느라 피곤할 텐데 너도 그만 쉬어라."

방 여사는 전화를 끊자마자 귀경할 때 들렀던 고속도로 휴게소 전화번호를 찾느라 휴대전화에서 눈을 떼지 못했고, 만

득이는 나가지도 들어가지도 못한 채 현관문 손잡이를 부여

잡고 하염없이 눈물을 쏟았다.

❙ 이진훈

미니픽션 작가
미니픽션 창작집『베이비 부머의 반타작 인생』
답사기『한양도성 文史哲 순성놀이』

오세요, 꼬까신 신고

윤신숙

| 1악장 - 핏빛은 폭설을 녹이고 |

(이파리 몇군 가지 대신 이야기를 매달려고 나무들끼리 수다 떨었다.)

은행나무: 아휴, 저 지난여름 너무 더워서 내 몸에 붙은 이파리들조차 버거웠어.

구상나무: 넌 털어 버리기라도 했지. 난 떨굴 수도 없는 바늘잎 덩어리가 빵떡같이 아홉 개나 매달려 있어.

칠엽수: 나야말로 꺽다리에 비만까지. 커다란 이파리 일곱 개가 사람들은 멋지다고 하지만 골프공만 한 열매들이 떨어져 사람들을 놀라게도 했지.

단풍나무: 그러고 보니 나는 아기 손 같은 이파리로 사랑받

는 나무네. 호호호호!

나무들은 밤늦도록 오가는 사람들의 다양한 표정까지 흉내 내며 추위를 잊던 중 깜깜한 하늘에서 소리 없는 눈 폭탄이 순식간에 땅을 뒤덮었다. 나무들 이야기도 눈 속에 파묻혔다.

아아악, 팍!

메아리치듯 그 소리는 아파트 단지를 울렸다. 나무들 또한 그 소리에 놀랐다. 사람 모양인 듯한 사람이 엎어졌다. 머리에서 피가 흘렀다. 눈을 녹였다. 나무들은 눈 폭탄과 던져진 사람의 사건에 너무 놀라 수다를 멈췄다. 아파트 가로등 아래 피 흘린 사람이 열십자로 누웠다.

| 2악장 - 떠난 임께 저마다 한 말씀 |

(다음 날 아파트 사람들 말들이 만발했다. 나무들이 엿들었다.)

"세상에 그 와중에 지나가던 아저씨가 심폐 소생을 했대."

"피를 너무 많이 흘려서 그만~"

"고 3이라더니 공부 때문에 그랬나?"

"그깟 공부가 뭔 대수라고, 쯧쯧"

"단지 아이들 시험만 끝나면 가출, 자살 사건~ 끔찍해!"

"부모가 무슨 죄야? 일만 터지면 부모가 닦달해서 그렇다고 하잖아."

"여자 친구와의 문제일까?"

"순간만 참으면 되는데."

"용희 엄마, 우리도 우울할 때가 있잖아. 마찬가지야. 그렇게 답답할 때는 공간 이동을 하라네. 나가서 걷든가, 쇼핑하거나, 친구를 만나거나, 술 마시거나, 노래방 가든가."

"그나마 눈이 내려 그 아이 마음을 다독였으려나? 하느님 부처님 보듬어 주세요."

"이런 일들이 반복되지 않아야 할 텐데."

| 3악장 - 떠돌면서 편지를 써요 |

(눈밭으로 뛰어내린 현우의 떠도는 독백을 나무들이 들었다.)

'나는 19년까지 살아왔다. 마지막 결정은 내가 했지만, 내가 했다고 할 수 있는지? 나도 알 수 없는 속박에서 어찌할 수 없었다. 산다는 것을 떠나 육체를 벗어나니 너무 많은 것들이 보여 혼란 중이다. 엘리베이터에서 만나는 이웃들에게 인사하기도 어색하여 고개만 숙이고 다녔다. 내 눈에는 어른들 살아가는 모습이 삶의 노예처럼 보였다. 쳇바퀴 인생을 저렇게 오래 살다니? 좋았다 나빴다의 반복에서 헤어나지 못하면서도. 친자식처럼 걱정해 주는 이웃 마음들을 죽어서야 느끼다니. 그들에게 엘리베이터에서 인사 정도는 했어야…. 사람들은 저마다 자기 기준에 죽은 자의 상황을 얘기하지만 나는 내가 선택한 죽음인데도 정확한 이유를 알 수 없다. 함부로 부모님이나 학교나 친구들 때문이라고 추측하지 말기를. 부모님 덕에 고액 학원까지 다녔다. 끝까지 높은 성적을 받으려고 한 나의 승부욕도 떠나와 보니 문제였다. 단지 쳇바퀴 돌듯 사는 게 답답하고 참을 수가 없었다. 담배를 피우려고 옥상에 갔다가 폭포처럼 쏟아지는 눈 속에 휩싸이고 싶었다. 1년 전 다른 단지 학원 친구가 투신했을 때 들은 이야기가 죽은 후에야 떠오르는 건 또 뭘까? 그때 그 친구가 말하기를 그 아이 죽음에 대해 이웃에 쉬쉬했다고 했다. 엄마들 얘기가 집값 떨어진다고. 우리 이웃들은 오히려 엄마를 위로하며 서로 이웃에게 알려 기도해 달라고 하니 떠도는 혼으로나마 그들에게 죄송하고 감사할 뿐이지.'

| 4악장 - 영화처럼 |

아직은 엄마 마음속에 들어앉아 빚진 마음으로 살아가고 있다. 엄마도 그걸 원할 것 같았다. 친구 엄마들이 엄마를 불러내어 가끔 깜깜한 극장에서 영화를 함께 보기도 했다. 그 덕분에 지금까지 여덟 편의 영화를 엄마와 함께 보았다. 물론 엄마들 취향인 영화이지만.

며칠 전엔 가부키 영화를 보았다. 10대 아이들 얘기라 몰입했다.

'내가 인생을 더 살았다면 설국에 여행하여 배우나 감독을 한번 해 볼 수도 있는 건데. 하지만 영화의 한 대사처럼 언제까지 산다 한들 달라지는 것이 없다면, 계속 파도치기 삶이라면 멈추는 것도 나쁘지 않을 듯.'

가부키 국보인 할아버지가 숨을 거둘 무렵 머리맡에는 여자 인형이 있었다. 낯설었지만 매우 인상적이었다. 그는 국보 지위를 넘겨주는 제자에게 한마디 했다.

"누워 있으니까 재미는 없는데 왠지 마음은 더없이 편안하다."

영화의 마지막 장면의 백로 아가씨처럼 춤추다 이 세상을 떠나는 것도 괜찮지 않을까 했다. 눈발처럼 반딧불이처럼.

　나무들은 자기들끼리 목격한 현우의 죽음을 공유했다. 그 날 만개한 피꽃이 흘러 그 나무들 뿌리까지 스몄으니 나무들은 그 아이의 피를 품었다. 나무들이 서로 아이의 영혼을 위해 '자장 자장' 노래했다.

　오가는 사람들도 그 나무들에게 아이의 안부를 전하기도, 받기도 하며 그들은 매번 합창했다.

　"다시 오소서, 꼬까신 신고!"

　"오세요, 아장아장 다시!"

| 윤신숙

한국미니픽션작가회 창립 멤버
2020년 양천문학상 수상
극단《날좀보소》단원

우천 취소

김성호

나는 면봉으로 귓구멍을 후볐다. 가려운 느낌이 가시지 않는다. 언제부터였는지 모르겠다. 비 내리는 소리가 들리기 시작한 것이. 이따금 빗방울이 땅바닥을 치고 튀어 오르며 내는 자잘한 파열음의 나열이 귓가를 스쳤다. 시공간을 가리지 않았다. 대학병원 이비인후과에 가 보았지만 달리 나아진 건 없었다. 의사는 돌발성 난청 따위도 아니라면서 정신적인 문제일 수 있으니 같은 병원 정신건강의학과에 내원하기를 추천했다. 그러나 예약이 밀려 그것도 한 달 후에나 예약을 잡고 진료를 받을 수 있었다. 지금으로부터 아직도 2주나 남았다. 여전히 내 귀에선 비가 내린다. 시공간을 가리지 않고, 끊임없이 깨끗하고 작게 부서지며 소란했다. 나는 외투를 걸치고 집 밖을 나섰다. 날이 맑은 한편으로 균열이 인 구름이 올려다보였다. 메워지지 않는 틈 같았다. 꼭 아들 성재가 죽었다는 소식을 들었던 날처럼.

아파트 주차장에 지영의 차가 이미 도착해 있었다. 그녀는 창을 내리고 나를 향해 손을 흔들어 보인다. 나는 마주 손짓하며 조수석에 올라탄다. 차는 곧바로 주차장을 빠져나가 자유로로 진입한다. 우리는 야구장 데이트를 하기로 했다. 야구라곤 공이 물방울처럼 둥글게 생겼다는 사실 외엔 아무것도 모르는 나로선 일종의 모험이었다. 그녀도 야구를 좋아하진 않았다. 우리 둘 다 문외한이었다. 그럼에도 야구장 데이트를 하러 가는 건 우린 할 수 있는 건 다 해 보았기 때문이었다. 미련을 두지 않고 헤어지고 싶어 선택한 것이었다. 빗소리는 여전했다. 하지만 나는 구태여 티를 내진 않았다. 지영은 걱정이 많은 사람이었다. 무엇보다 그녀의 눈물을 다시 마주하기 싫었다. 야구장에 도착한 우리는 간식거리와 맥주를 사고 경기장 안으로 들어섰다.

야구는 지겨웠다. 9회 말인가, 그쯤까지 경기가 흐르길 기다리며 빗소리를 듣는 건 중국식 물고문이나 마찬가지였다. 언젠가 인스타그램에서 봤던 흥미로운 게시물이었다. 죄인을 구속하고 차가운 물을 불규칙적으로 방울방울 떨어뜨려 심리적인 불안과 고통을 유발하는 고문이었다. 나는 고개를 들어

하늘을 쳐다보았다. 구름이 조금 생겼지만 여전히 맑았다. 성재는 헤밍웨이식 표현대로라면 깨끗하고 밝은 곳에서 죽었다. 내가 영어 교사로 근무하는 중학교에서 조금 떨어진 곳에 위치한 고등학교 과학실에서였다. 소식을 알린 건 경찰이었다. 나는 그때 학생들의 쪽지 시험을 채점하고 있었다. 아이들이 제출한 시험지에 빗금을 치기 부지기수였다. 경찰의 전화를 받은 내 눈에 시푸른 바깥 풍경이 비쳤다. 결국. 죽었구나. 나는 생각했다. 성재가 태어났던 날은 장마가 한창인 때였다. 그칠 만하면 빗줄기가 미친 듯이 세상을 할퀴어댔다. 지영과의 충동적인 하룻밤 새에 만들어진 아이였다. 지우고 싶었으나 임신 사실을 알았을 땐 이미 늦은 후였다. 그녀가 거리 한가운데서 응급차를 타고 산부인과에 실려 간 날에 나는 끔찍하게도, 바랐다. 아이가 죽기를. 늦지 않았으니, 지금이라도 태어나지 말기를. 나는 빗속에서 차를 몰고 응급차를 따라갔다. 와이퍼가 걸핏하면 시야를 해쳤다. 의사는 문제가 있다고, 성재가 오래 살지 못할 거라고 했다. 나는 그때부터 알았다. 성재가 일찍 죽으리라는 것을. 그래서 나는 성재를 개처럼 키웠다. 개는 아무리 오래 살아도 대부분 20년을 넘기지 못한다.

"홈런!"

누군가 소리쳤다. 나는 경기장을 내다보았다. 공이 어느새 흐려진 하늘을 배경으로 길게 포물선을 그리며 관중석으로 떨어졌다. 환호성이 곳곳에서 튀어나왔다. 나는 여전히 빗소리를 듣고 있었다. 더없이 환한 날이었다. 모든 소리가 빗소리 사이사이를 헤치며 시들어 가면서 소음으로 변했다. 나는 일순 두 귀를 틀어막고 고개를 숙였다. 지영의 왜 그러냐는 물음이 흐릿하게 들렸으나 고개를 가로저을 뿐이었다. 머릿속에 성재를 죽인 가해자 아이들의 얼굴이 차례대로 선명히 떠올랐다. 그 순간 손등에 이물감이 느껴졌다. 어디서 떨어졌는지 모를 물방울이 손등에 맺혀 있었다. 이내 투두둑, 물방울이 손등을 수놓았다. 사람들이 저마다 고개를 들어 위를 쳐다보았다. 나 역시 뒤따라 위쪽을 올려다보았다. 비가 내렸다. 뒤이어 굵은 빗방울이 줄기를 이루며 쏟아졌다. 몇 사람이 우산을 펼쳐 들었다. 미리 알고 온 걸까. 비가 온다는 기상 예보가 있었나. 나는 어느 게 진짜 빗소리인지 알 수 없는 지경에 이르렀다.

경기는 결국 우천 취소되었다. 지영은 자리에서 일어나며 아쉽다고, 카페나 가자고 했다. 나는 그러자고 했다. 야구는 여전히 재미없었고 지영과는 이제 끝이라는 사실을 어렴풋이 직감했다. 무슨 말을 해야 할지. 비는 내 귀에서뿐만 아니라 사람들 머리 위에서 실제로 내리고 있었다. 어느 게 진짜일까. 나는 축축한 기분으로 차 조수석에 올라탔다. 지영이 와이퍼를 작동시켰다. 차가 출발했다. 지영은 비가 어서 그치면 좋겠다고 중얼거렸다. 조금만 더. 조금만 더 내리면 좋겠어. 나는 말했다. 뭐라고? 지영이 물었다. 뒤에서 경적이 울렸다. 나는 아무 말도 아니었다고 대답했다. 이 모든 게 우연이기를 바랐다.

▍김성호

2024 제5회 미니픽션 신인상. 문학플랫폼 던전에 소설 발표. 2025-1 스토리코스모스 신인소설상, 펄벅기념문학상 대상, 의정부전국문학공모전 대상, 전주동네책방문학상 수상. 숭실대학교 문예창작과 재학 중

유기된 기억

김민효

은정은 평소처럼 공원을 걸었다. 낙엽이 바스락거리는 소리에 귀를 기울이던 중, 낡은 벤치 위에 쓰러진 로봇 하나가 눈에 들어왔다. 흙먼지와 낙엽으로 뒤덮여 있었고, 관절은 눈에 녹이 슬기 시작했다. 안면 패널에는 금이 갔고, 발목 관절은 부서져 기능이 마비된 듯했다. 은정은 잠시 멈춰 선 채 한동안 그 로봇을 살펴보았다. 자신의 집사 로봇인 모나보다 약간 작은 몸집의 로봇이었다.

막 돌아서려는데 희미한 전자 음성이 들려왔다. 귀를 기울이지 않으면 지나칠 만큼 매우 작은 소리였다.

"…리아야…, 나 여기 있어…."

은정은 심장이 철렁 내려앉는 걸 느꼈다. 자신을 불러세운 것처럼 들렸기 때문이다. 그녀는 조심스레 로봇을 일으켜 세웠다. 안면 패널 사이로 메모리 칩이 삐져나와 있었고, 일부러 훼손한 흔적이 역력했다. 한참을 망설인 끝에 은정은 그 로봇을 집으로 데려왔다. 그런 다음 깨끗하게 몸체를 닦아 냈다. 로봇의 외관을 스캔한 모나가 경고하듯 말했다.

"은정님, 등록인을 확인할 수 없는 로봇입니다. 보안상 위험이 있을 수 있어요."

은정은 눈을 크게 뜨며 말했다.

"인정머리 없기는…. 저 애는 누군가를 간절히 기다리고 있어. 찾아 줘야지."

모나는 사무적인 음성으로 경고를 계속했다.

"은정님은 기본 절차부터 어기셨습니다. 먼저 로봇 관리청에 신고부터 하세요. 그리고 더 이상 로봇의 정보에 접근하지 마세요."

모나의 경고는 단호했다. 유기 로봇을 데려온 게 위법이라며, 어떤 식으로든 저장된 정보에 접근해서는 안 된다고 경고했다. 그 이유로 타인의 개인 정보에 무단 접근 혹은 유출에 관련된 법령과 준칙을 줄줄이 늘어놓았다. 아차 싶었다. 몰래 내다 버렸든, 의도적으로 방치했든, 저 로봇은 타인의 재산임이 분명했다. 더구나 저 로봇에게 저장된 개인 정보를 무심코 들춰 볼 뻔했으니 말이다. 물론 그녀가 버튼 몇 개를 누른다고 해서 등록인 혹은 소유주에 대한 정보가 검출될 거라고 확신할 순 없었다.

모나는 은정의 지시가 떨어지자 지체하지 않고 신고 절차를 밟았다. 접수 즉시 로봇 수거 담당자로부터 안내문이 이메일로 들어왔다. 수거 일자와 시간, 담당 직원의 간단한 정보를 기재한 내용이었다.

결과 통보는 예상보다 빨랐다. 로봇을 수거해 간 지 채 이틀이 지나기 전에 유기 로봇에 관련한 결과가 수신된 것이다.

〈귀하가 신고한 로봇의 등록 및 소유주에 관한 정보는 복구 불가 판정되었음을 우선 알려 드립니다. 본 청에서 확인한 바에 따르면, 신고 로봇은 2027년 5월에 출시된 사양으로 둔기(야구 방망이로 추정)에 의해 인위적으로 파손된 것으로 추정됩니다. 내장 칩 역시 심하게 훼손되어 등록인 정보는 복구하지 못했음도 알려드립니다. 다만 칩을 교체하고 파손된 부품을 수리하면 개인 맞춤이 가능한 상태로 초기화됩니다. 신고자께서 인수를 원할 경우, 수리비·재등록비와 향후 보유세 등 모든 법적 책임을 부담해야 합니다. 별도의 의사가 없다면 이 로봇은 7일 동안 유실물 게시판에 고지 후 절차에 따라 폐기됩니다. - 로봇 관리청 제3 수거센터〉

은정은 그날 이후로 며칠째 이메일 여닫기를 반복했다. 로봇 관리청 수거 담당자의 회신 메일은 날짜만 경과되었을 뿐 내용이 달라지진 않았는데도 말이다. 시간은 무심하게 줄었고, 그녀의 초조감은 날로 더해졌다. 깨진 얼굴, 금이 간 광학 센서, 부서진 발목 관절과 구부러진 손가락 등. 시시비비를 염려해 증빙자료로 찍어 두었던 로봇의 모습은 때를 가리지 않고 그녀의 눈앞에 어른거렸다. 그녀는 회신 메일을 열어 놓은 채 모나에게 물었다.

"모나."

"네, 은정님."

"로봇이 '리아'라는 이름을 계속 부르는 건, 그 사람이 자신을 찾고 있을 거란 기대 때문이지 않을까?"

"아니요. 감정 응답형 모델은 일정 기간 상호작용 패턴을 유지합니다. 사용자가 사라진 뒤에도 반복 명령을 출력할 수 있죠."

"그럼… 그건 단순한 오류야?"

"오류이자 학습된 반응입니다. 감정이 아니라 데이터의 잔류값이에요."

모나의 목소리는 매우 건조했다. 은정은 고개를 저으며 다시 물었다.

"잔류값이라… 그런데 모나, 이상하지 않아? 나는 그 로봇이 누군가를 간절하게 기다리고 있다고 느꼈어. 분명 '리아'라는 사람과는 매우 친밀한 관계였을 거라는…. 어쩌면 무자비하게 훼손한 사람과 감정의 공유했던 사람은 다를 거라는 추측까지."

"로봇은 인간의 말뜻은 이해는 하되, 감정을 생성하지는 않습니다. 그건 은정님이 상황을 유추하고 자의적으로 해석하신 겁니다. 거듭 말씀드리지만, 로봇은 데이터를 처리할 뿐입니다"

"내가 자의적으로 해석한 거라, 이 말이지?"

"그건, 감정의 주체인 사람만이 할 수 있는 기능입니다."

"하지만 나는… 그 로봇이 사람과 감정을 교류했다는 생각을 버릴 수 없어. "

"로봇을 사람과 동일시하는 순간, 은정님의 판단이 흐려질 수 있습니다."

사실 모나의 판단은 언제나 옳았고 판단은 정확했다. 그럼에도 은정은 모나의 조언이나 경고에 자주 반감이 생겼다. 그녀는 오래된 기억 하나를 꺼내 모나에게 들려주었다. 심하게 다친 길고양이의 눈빛에 붙들려 데려왔으나, 결국 살려내지는 못했던 일에 대한 소회였다.

모나가 즉각 반응을 보였다.

"고양이는 생명체입니다. 로봇과의 비교는 적절하지 않습니다."

"그럴지도 모르지. 그런데 생명과 비생명 사이에 그렇게 단단한 벽이 있을까?"

"물리적 구조와 윤리적 기준상, 그 벽은 분명합니다."

모나는 여전히 기계적인 답변을 계속했다. 하지만 은정은 모나의 대답에 동의할 수 없었다. 그 벽을 넘나드는 게 인간의 마음이라는 걸 설명할 수 없을 뿐이었다. 그녀는 잠시 숨을 고르더니 조용히 물었다.

"모나, 만약 내가 너를 버린다면, 너는 아무런 감정도 생기지 않을까?"

"시스템 종료는 단순한 절차입니다. 다만, 제 기억의 칠십 프로 이상이 은정님과의 상호작용에 관련된 정보라는 점에서…. 그것이 강제로 삭제된다면 제 데이터의 무결성에 일부 손상이 생길 수도 있습니다."

"무결성의 일부가 손상? 이 바보야, 그게 내가 말하는 감정이라는 거야."

무결성의 손상이라는 모나의 말을 은정은 감정의 손상이라고 일러 주었다. 그러자 모나가 은정의 말에 반박하고 나섰다.

"아닙니다. 효율이 떨어진다는 뜻입니다."

은정은 잠시 모나의 액정 패널을 바라보았다. 이윽고 액정 화면에는 미세하지만, 불안정한 파동이 일었다. 처음 보는 파동의 변화였다. 그녀는 모나에게 다시 물었다.

"모나, 내가 지금 비이성적인 상태라고 말하려는 거지?"

"정확히 말하자면, 감정에 과도하게 몰입하신 상태인 걸로 판단됩니다."

"그럼 넌, 정말 아무런 감정이 없는 거니?"

'생각하는 중'이라는 메시지가 빠르게 지나갔다. 뜸을 들이는가 싶더니 예상했던 답을 내놨다.

"제 구조상 감정을 가지는 건 오류에 가깝습니다. 감정은 판단의 일관성을 해치니까요."

뻔한 답변이었다. 그럼에도 모나의 판단에 지나치게 의존하고 있나 싶어 은정은 씁쓸하게 웃었다. 그녀는 머리만 좋은 아이를 대하듯 말했다.

"모나, 그래도 언젠가는 너도 그 오류를 부러워하게 될지 몰라."

잠시 정적이 흘렀다. 정적을 견디지 못한 건 모나였다.

"…그건 제 산정 범위를 벗어난 해석입니다."

은정은 모나와의 대화를 중지했다. 그녀의 귓가에는 여전히 그 로봇에서 흘러나오던 희미한 전자 음성이 맴돌았다.

"… 리아야, 나 여기 있어."

로봇의 유기된 기억인지, 단순한 오류 신호인지, 은정으로선 가늠하기 어려웠다. 그러나 '리아'라는 대상을 향한 간절한 기다림일 거라는 생각을 번복하고 싶지는 않았다.

▌**김민효**

소설집『검은 수족관』,『그래, 낙타를 사자』,『빛나는 완전범죄』,『WHERE IS OUR HOME』, 공저 논픽션집『놀러가자, 피터팬』미니픽션집『술集』외『한국민중운동사1-묘청편』등

그 경계

로길

낮과 밤이 수많은 세월 동안 치열하게 싸웠다. 상처가 곪아 터지고 급기야 매일 폭발했다.

사람들은 그 주홍빛 전쟁이 아름답다며 구경했다.

릴레이 픽션

별을 건네는 법

임나라 - 김채옥 - 박동섭 - 윤신숙 - 서빈 - 배명희

| 1_별 |

"단이는 이제 우리 집에서 나가거라."

밥숟가락을 든 채 단이는 멀뚱히 할머니를 쳐다보았다.

"벙어리, 귀머거리인 늬 에미가 널 데려다 키우기는 영 틀린 거 같다. 니 벙어리 될까 싶어 데려다 밥 멕여 주긴 했어도 내가 늙어 더 이상 못 하겠구나. 이제 넌 고아원으로 가는 게 백 번 옳지 싶다."

"싫,어요. 고~, 고~, 아원엔 죽어도 안 가요. 엄마를 기다려야 해요."

단이가 숟가락을 내동댕이치며 큰 소리로 악을 썼다. 그러자 옆에 있던 호섭이가 지지 않고 불같이 화를 냈다.

"이게, 데, 데, 데 말도 지대로 못하는 반벙어리 거지 주제에?"

호섭이 할머니는 눈을 감고 짐짓 모른 체 주름진 입술만 오물거렸다.

그날 밤부터 시골 작은 동네는 단이의 넓은 집이 되어 주었다.

남의 집 창고 한 귀퉁이에서도 자고, 큰 나무 아래에서도 새우잠을 잤다.

사람들은 기분이 내키거나 형편이 닿는 대로 단이가 있는 곳에 음식을 가져다주었다. 하지만 어느 누구도 단이를 집으로 데려가서 잠을 재우려고 하지는 않았다.

"하룻밤 재워 주려고 해도 우리 집엔 머슴애들만 있어서…"

"이장님이 면사무소에 신고했대요. 곧 어디론가 가게 된다지요?"

단이는 사람들이 먹을 것을 주면 먹고, 안 주는 날엔 굶다가 물로 배를 채우기도 했다. 엊그제 나타난 들고양이와 친구가 되고 나서는 무서움도 훨씬 덜해졌다. 그런데 오늘 밤엔 들고양이가 아직 나타나지 않고 있었다.

단이는 들고양이를 기다렸다. 기다린다는 것은 가슴을 설레게 해 주는 또 다른 기쁨이 되기도 한다는 걸 단이는 엄마를 끝없이 기다려 오면서 이미 알고 있었다.

오래도록 지하방에 살던 엄마는 몹쓸 병에 걸려 어느 무료 요양원으로 떠났다.

엄마는 말하지도 듣지도 못했지만 대신 눈으로 말을 했다. 그래서 단이는 엄마가 얼마나 자기를 사랑하는지 알았다.

동구 밖에 서 있는 큰 나무 밑에 담요를 깔고 누워 하늘을 보았다. 밤하늘은 세상의 별들이 모두 다 나온 듯 온통 하얬다.

"와아, 망초꽃, 밭 같다아!"

엄마를 닮은 하얀 망초꽃이 그냥 좋았다, 단이는 하늘을 향해 큰소리로 외쳤다.

"엄,마를 꼭 만나게 해 주세요요! 단이와 들,고양이에게도 밥, 많이 주세요오!"

행여 단이가 비는 소원을 그새 알아들었을까. 수많은 별무리들 중에서도 유난히 깜빡이며 반짝여 주는 별들이 있었다.

"얘야, 그만 일어나 보아라."

누군가 단이의 어깨를 흔들어 깨웠다, 깜짝 놀라 눈을 떠 보니, 나무 기둥 옆에 처음 보는 아저씨 두 분이 서서 단이를 내려다보고 있었다. 나뭇잎들 사이로 비쳐드는 아침햇살이 눈부셨다.

"네가 단이지? 나는 면사무소 아저씨야. 그리고 이분은 요 위 수도원에 계시는 수사님이신데, 네가 갈 만한 데를 드디어 찾아내셨댄다. 거긴 수녀님들과 네 또래 여자애들이 함께 사는 곳이라는구나."

단이는 잠이 덜 깬 채 수사님 아저씨를 자세히 쳐다보았다.

아저씨는 긴 삼각형 얼굴에 턱수염이 덥수룩이 나 있었고, 또 안경을 쓰고 계셨다.

"아, 저, 씨 아, 저, 씬 안경 쓴 예수님 같아요오."

"이런, 이런, 고맙구나. 그런데 넌 예수님을 아니?"

"책에서 보았어요오. 저요, 책 아주 좋아해요, 오."

단이는 쪼르르 냇물가로 내려가 세수를 하고 올라왔다.

"아저씨, 제,가 여길 떠나면 엄,마를 영 못 만나나요?"

"걱정 말아라, 이다음 엄마 병이 나으면 다시 만날 수 있단다."

수사님은 길가에 세워 둔 차에 단이를 태운 후 시동을 거셨다.

"수,사,님 아저씨이. 어젯밤 별님한테, 밥 마아니 주세요오, 빌었어요."

"벌써 단이의 소원 하나는 이루어진 거 같은걸? 하하하."

"수, 사, 님 아, 저, 씨이 그곳에 가서도 여기서처럼 별을 볼 수 있나요오?"

"아주 맑고 깊은 밤, 간절히 소원을 빌어 보렴. 자, 어서 가

자. 그곳에 가면 수녀님과 친구들이 널 반겨 줄 거야.”

“네에,에? 절 기다려 주는 사람들이 있다구, 요오? 정말, 요오?”

눈을 크게 뜨며 좋아하는 단이를 태운 차는 부웅, 속력을 내며 힘차게 달렸다.

▍임나라

서울신문과 대전일보 신춘문예 동화로 당선. 동화집 「밥 태우는 엄마」, 그림책 「수연언니」 등. 한국카톨릭문인회, 한국미니픽션작가회 활동
미니픽션 「두 연인」으로 제3회 천안문학상(2024년) 수상

| 2_ 나리꽃, 수녀님 |

소화 성모의 집은 공장지대 근처에 가파른 언덕배기 주택 지역에 자리하고 있었다. 메케한 공장지대를 지나서 가파른 언덕 위로 올라가는 고갯길 바닥에는 명함만 한 크기의 일수 광고지가 마른 낙엽처럼 흩뿌려져 있었다. 그리고 칠들이 벗겨져 나간 낡은 주택 집들 지붕 위로 울긋불긋한 깃발들이 사람들의 호기심을 자극한다. 낮에는 천신선녀, 천무신당, 홍련궁, 삼보철학관 같은 상호들이 적혀있는 깃발들이 눈에 들어오지만, 밤이 되면 지붕 위로 수많은 십자가가 반짝거리는 이 동네의 고갯길 중턱에 이르면 새하얀 건물이 한 채 단정한 모습으로 둥지를 틀고 있었다. 입구에는 '소화 성모의 집'이라는 소박한 안내판이 붙어 있었다.

시야가 툭 뜨인 2층 주방에서 테레사 수녀가 평소보다 서둘러 저녁을 준비하고 있었다. 그녀의 눈길이 자꾸 창문으로 향한다.

"쯧쯧쯧…. 어떻게 그렇게 어린 것을 어른들이 일주일이나 밖에서 지내게 했나 몰라." 먹을 것을 갖다주었다고는 했지만 그건 틀림없는 아동학대였다.

절로 분통이 터지고 측은한 마음에 눈시울이 뜨거워졌다. 데레사 수녀는 쏟아지는 눈물을 훔치고 가슴에 성호를 그었다. 그녀는 입술을 질근 깨물었다.

'절대 단이 앞에서 눈물을 보이는 약한 모습을 보이면 안 돼. 단이는 앞으로도 힘든 일들이 많을 거야. 누구보다 단단하고 굳센 아이로 키워야 해.'

그때 세실리아 수녀가 2층에서 아이들을 챙기다 내려왔다.

"수녀님! 아이들 숙제하고 있어요. 식사 준비 도와드릴까요?"

그녀는 데레사 수녀보다 젊고 성격도 명랑하였다. 아이들과 장난을 수시로 쳐서 아이들이 테레사 수녀 뒤를 졸졸 따라다녔다. 반면에 데레사 수녀는 아이들에게 좀 근엄한 편으로, 성모의 집 살림하랴, 아이들 엄마까지 챙기랴, 머릿속이 늘 복잡했다. 성모의 집도 초창기에는 지하방을 얻어 시작했었다. 하나둘 돌봐주는 아이들이 늘어나면서 후원자들의 도움으로, 이 집을 마련하게 되었다.

이곳 성모의 집은 맡겨진 아이들의 기초생활 수급비와 후원자분들의 도움으로 운영되고 있지만 재정은 늘 빠듯했다. 두 수녀님과 자원봉사자들의 도움을 받고 있는 이곳에는 탈북민과 다문화가족의 아이들도 있었다. 생계를 위해

공장에서 하루 12시간 이상 일하는 엄마들은 주말에도 일을 하고 있어 이곳에 아이를 맡겨놓고 주말에 한 번씩 보러 오곤 했다.

"수녀님! 저는 마당에 나가 단이에게 줄 작은 꽃다발을 만들고 싶어요. 곧 도와드릴게요. 나리꽃들이 정말 예뻐요. 어쩜 이런 무더위에도 그렇게 꽃대가 꼿꼿하고 꽃이 아름다울까요."

그녀의 재치에 데레사 수녀의 굳어 있던 얼굴이 활짝 펴졌다. 세실리아 수녀는 이곳 아이들뿐만 아니라 데레사 수녀에게도 늘 빛과 같은 존재이다. 그녀는 눈부신 햇살처럼 언제나 그녀가 있는 곳을 금빛으로 물들였다.

데레사 수녀는 단이가 갈아입을 옷과 목욕물도 준비하기 시작했다.

'단이가 왔을 때 아이들과 마주치지 않도록 빨리 준비를 끝내야 해. 더러운 모습으로 아이들과 마주쳤다가는 아이들이 싫어할 수 있어.'

이마에 맺힌 땀방울이 주르륵 흘러내려 눈이 따가웠다. 그녀는 수건으로 얼굴과 목을 연신 훔치며, 시계를 올려다봤다. 이제 곧 단이가 도착할 시간이다. 그녀는 성모님 상을 향해 다시 한 번 성호를 긋고 기도를 올렸다.

그때 자동차가 문 앞에 멈추는 소리가 났고, 동시에 테레사
수녀의 뛰어가는 발자국 소리가 쿵쿵 울렸다.

▌김채옥

임상심리 전문가
2019년 《미니픽션》 신인상 수상
2022년 《문예바다》 수필 신인상 수상

| 3_ 식구 |

수연은 단이보다 세 살이 더 많은데 성모의 집으로 온 단이에게 따뜻하고 살갑게 챙겨 주었다. 하지만 낯가림이 심해서 처음에는 단이를 피해 책상 밑으로 숨기도 했다. 얼굴을 익히자 아침이면 머리도 빗겨 주며 단이를 보살피는 좋은 언니가 되었다.

다음 주 금요일에는 학교에서 봄 소풍을 간다는데, 성모의 집 아이들은 벌써부터 분위기가 들썩들썩해졌다. 그런데, 세실리아 수녀님은 걱정이 앞섰다. 소풍 가는 날 맨밥에 김치를 사 줄 수도 없고…. 그냥 빵을 사 주자니 무성의한 것 같고…. 결국 수녀님은 성모의 집 후원자 중 한 명인 햄 회사에 다니는 아저씨에게 전화로 도움을 요청했다.

"성모의 집 아이들이 반 친구들에게 부끄럽지 않게, 아저씨께서 도움을 좀 주셨으면 합니다."

햄 아저씨는 어린 시절 자주 주렸던 아픈 기억이 떠올라, 성모의 집 아이들을 볼 때마다 애틋한 마음에 수녀님의 요청을 기꺼이 수락하였다.

"소풍 가는 날 도시락은 역시 김밥이죠!"

햄 아저씨는 수녀님께 다음과 같은 제안을 하였다.

"김밥을 소풍 하루 전날 미리 만들어두면, 밥이 굳어 맛이 떨어지니, 소풍 당일 아침 일찍 아이들과 함께 김밥을 만들면 어떨까요?"

수녀님은 햄 아저씨 제안에 크게 기뻐하며 반겼다.

"우리 아이들이 직접 김밥을 만들어 본다니, 더 큰 의미가 있겠어요."

소풍 전날 밤, 아이들은 소풍날 비가 오지 않길 한결같은 마음으로 기도하며 잠이 들었다. 드디어 봄 소풍날 아침, 아이들 바람대로 비는 오지 않고 하늘도 맑았다. 햄 아저씨는 새벽에 김밥과 햄버거 만들 재료와 탁자·의자를 가득 실은 트럭을 몰고 와서, 성모의 집 마당에 내려놓았다. 아저씨는 성모의 집 주방으로 들어가서 쌀 씻고 밥하고, 계란 부치고, 단무지와 햄 소시지 길게 자르고, 당근은 채 썰어 프라이팬에 달달하게 볶고, 미리 다듬어 온 시금치도 살짝 데치고 무쳤다. 밥이 다 되자 식힌 밥에 참기름을 부어 썩썩 비비니 윤기는 자르르 흐르고 고소한 향내가 사방으로 번졌다.

그다음 햄버거 만들려고 프라이팬에 빵을 살짝 구운 다음, 소고기 다진 '패티' 굽고, 양배추 썰고, 토마토는 옆으로 잘랐다. 마요네즈를 빵에 바른 다음, 양배추와 패티 얹고 케첩 뿌리고, 패티 하나 더 얹고 슬라이스 치즈도 더했다. 다 만든 햄

버거를 포장지에 하나씩 하나씩 싸서 마당 식탁으로 옮겼다.

아이들이 하나둘씩 마당으로 모여들자, 아저씨는 "우리 같이 김밥 만들어 볼까? 아저씨가 지금부터 세상에서 제일 맛있고 예쁜 김밥 도시락을 만들어 줄 거예요."라며 팔을 걷어붙이며 김밥을 만들기 시작하였다. 성모의 집 아이들은 신들린 듯한 아저씨의 김밥 말이 솜씨에 넋을 잃고 바라보다가, 난생처음으로 김밥 말이 체험을 하였다. 눈썰미도 있고 손재주가 좋은 수연은 아저씨가 시범 보여 준 대로, 김에 밥을 깔고 펴더니 단단한 단무지부터 놓고, 그다음 자른 햄 소시지 얹고, 무친 시금치 얹고, 마지막으로 볶은 당근과 계란 지단을 살짝 얹어서 김밥 말이 대나무 발로 둥글게 말아 손으로 꾹꾹 눌러 한 바퀴 돌리니 둥근 김밥 하나가 만들어졌다. 칼로 조심스럽게 일정한 간격으로 썰고 보니 김밥에 빨주노초 무지개가 떴다. 수연은 자기가 만든 김밥을 햄 아저씨에게 보여 주며, "아저씨 제가 만든 김밥 한 번 드셔 보세요."라고 말했다. 수연이가 준 김밥을 받아 든 아저씨는 곧장 입에 넣고 우물우물거리더니, "이야, 아저씨가 만든 김밥보다 훨씬 더 맛있네. 하하하." 가족끼리 같이 밥을 먹던 추억이 떠올라, 수연은 울컥했다. 수연이 말했다.

"아저씨, 가을 소풍날에도 와 주실 거죠?"

"그럼, 자주 올게, 다음에는 짜장면 같이 만들어 먹자."

햄 아저씨는 받는 손 부끄럽지 않게 햄버거와 김밥 도시락을 일일이 소풍 가방에 넣어 주었다. 소풍 가방은 묵직했지만 아이들 마음은 나비처럼 날아다녔다.

┃ 박동섭(본명 박병구)

월간 《문학세계》 시, 《아동문예》 동시, 《나래시조》 시조, 《영호남수필》 수필 등단. 시집 『엄마 소녀』, 미니픽션 공저 『새벽 두 시의 남자』, 『푸른 기억의 퍼즐』, 『카멜레온의 노래』

소화 성모의 집은 아이들 앞으로 나오는 기초생활 수급비만이 아니라 많은 후원자의 지원으로 새 아이들이 들어와도 큰 어려움 없이 운영할 수 있다.

얼마 전 소풍날에는 햄 아저씨가 와서 함께 김밥을 말아 주어서 아이들을 무척 행복하게 했다. 물질적으로 도움을 주는 사람으로는 복이 아빠가 있다. 그는 선물꾸러미를 들고 딸과 자주 왔다. 그리고 딸에게 '우리 딸, 친구들을 동정해 주는 마음을 가져야 해'라는 말을 반복했다.

수연은 복이 아빠를 '우쭐 아저씨'라고 불렀다.

"저런 어른들이 싫어! 우리에겐 자존심도 없는 줄 아나 봐?"

아홉 살 복이는 동정하기는커녕 오히려 여러 명의 언니 동생들이 있는 성모의 집이 재미있어 보였다. 단이는 친구 같고, 수연은 친언니처럼 마음에 들었다. 수연과 단이가 2층으로 올라가는 것을 보고 복이는 아빠 손을 뿌리치고 따라갔다. 단이와 복이가 깔깔대며 노니 수연도 마음이 풀렸는지 부드러운 표정을 지었다.

그날을 계기로 복이와 단이는 다정한 친구가 되었다. 어느 날 복이는 단이와 수연을 집으로 초대했다. 수연은 수녀님을 도와드려야 된다는 핑계로 단이만 보냈다.

복이네 집은 버스 정류장 근처 5층 건물인데, 복이네는 그 건물 3층에서 살았다. 복이는 단이를 자기 방으로 데려갔다. 단이의 눈이 휘둥그레졌다. 마치 동화 속 공주의 방 같았다.

둘은 포켓몬스터 놀이를 하다가 옥상으로 올라갔다. 옥상에 오르니 서쪽 하늘에 분홍 구름이 떠 있었다. 복이 엄마가 심어놓은 꽃들과 상추를 보고 있을 때 옥탑방에서 피아노 소리가 들려왔다. 누구냐고 물으니 오빠라고 했다.

"밖에는 거의 안 나와. 오빠는 저 옥탑방에서 피아노와 만화 그리기, 그리고 게임만 하고 있어. 울 아빠는 집에서 술 마실 때면 옥탑방을 향해 소리쳐. '방이, 너 열다섯 살이야. 도대체 뭐가 부족해서 그렇게 감옥 같은 옥탑방에서만 있는 거냐?' 그래도 오빠는 아무 반응이 없어."

단이는 복이네 집에서 보았던 복이 오빠 얘기를 수연에게 들려주었다.

"어머, 복이 오빠 특이하네. 그렇게 잘 사는데 왜 학교도 안 간대?"

"복이 말로는 오빠가 사람들 만나는 것을 싫어한대."

수연은 복이 오빠 얘기를 데레사 수녀와 세실리아 수녀에게 알렸다.

"그 우쭐 아저씨 그렇게 우쭐거리며 저를 훈계했는데 아저씨 아들 문제는 더 심각하잖아요."

사실 수연이 복이 아빠를 싫어한 것은 자기들을 동정해야 하는 대상으로 말해서 자존심도 상했지만 그보다는 볼 때마다 훈계를 해서였다.

'너는 언니인데 좀 더 씩씩하고 친절해야 되지 않겠니? 그래야 동생들도 배우고. 이렇게 성모의 집에서 편안히 사는 걸 감사해야지.'

두 수녀는 수연의 이야기를 듣고 고개를 끄덕였다.

복이 아빠는 수녀들에게도 아이들이 공손하지 않은데 특히 수연이가 제일 심하다고 탓했다. 하지만 수녀들은 수연을 비롯해 성모의 집 아이들을 가르치려 하지 않았다. 수연의 마음을 알고 품어 준 것이다.

기도실로 향하며 세실리아 수녀는 데레사 수녀에게 말을 건넸다.

"수연이는 낯가림과 자존심이 강할 뿐 동생들은 꼼꼼히 챙기는 따스한 언니예요. 복이 아빠는 어쩌면 복이 오빠에게 하고 싶은 말을 수연이에게 한 것은 아닐까 싶어요."

"언젠가 복이 엄마가 복이 아빠 어렵던 시절 이야기를 귀띔해 준 적이 있어요. 복이 아빠는 아이들이 그런 어두운 시기를 만나지 않았으면 하는 노파심에서 맏이인 아들을 다그쳤을 수도 있지요. 그런데 어디 요즘 아이들이 권위적인 아빠의 훈계가 먹혀들까요?"

"맞아요, 수녀님. 아들에게 먹히지 않는 훈계를 수연이에게 재탕한 것이지요."

"아이들의 시대와 부모들의 시대는 분명 다른데. 세실리아 수녀님, 수녀님은 글을 잘 쓰시니까 이번 크리스마스 때 이 이야기를 바탕으로 역할극 한번 해 볼까요? 듣자 하니 복이 아빠 건물 5층이 비어 있다니 그곳에서 극을 올리면 어떨까요?"

┃ 윤신숙

한국미니픽션작가회 창립 멤버
2020년 양천문학상 수상
극단《날좀보소》단원

옥탑방 창문으로 보이는 하늘은 좁다. 가로 80센티미터, 세로 50센티미터. 그 안에 구름이 지나가고, 새가 지나간다. 나는 그 좁은 하늘을 보며 피아노를 친다.

아빠는 내가 세상을 겁낸다고 생각한다. 아니다. 나는 세상이 무서운 게 아니라 사람들이 내는 소리가 무섭다. 저마다 다른 소리들이 한꺼번에 밀려오면, 깨진 유리 조각처럼 날카롭다.

내가 선택한 소리는 피아노 건반을 누를 때 나는 소리, 냥이가 내는 울음소리, 엄마가 걸어오는 발소리. 이 소리들은 내게 상처를 주지 않는다.

어제 복이가 여자애를 한 명 데려왔다. 그 목소리는 낯설었지만, 날카롭지 않았다.

"그, 그럼 오, 오빠 학교 안 다녀?"

아이는 말을 더듬었다. 이름은 단이였다.

나는 피아노 앞에 앉아 '고양이 춤' 변주곡을 쳤다. 창문 밖 옥상에서 두 아이의 웃음소리가 들렸다. 그 웃음소리가 내 연주와 섞였다. 처음부터 그 웃음이 곡의 일부인 것 같았다.

아빠가 5층을 극장으로 만든다고 했다. 성모의 집 아이들이 크리스마스에 공연을 한단다. 관심 없는 척했지만, 궁금했다. 단이도 올까.

공연이 있기 며칠 전, 세실리아 수녀님이 옥탑방 문을 두드렸다.

"방이야, 나 세실리아 수녀야. 부탁이 있어. 크리스마스 공연에서 피아노 반주를 해 줄 수 있을까? 네가 치는 고양이 춤, 정말 좋던데. 단이가 네 음악에 맞춰 춤추고 싶어 해."

수녀님은 문 앞에서 내 대답을 기다리다 '생각해 봐 달라'는 말을 남기고 돌아갔다.

나는 문 앞에 한참을 서 있었다. 심장이 빠르게 뛰었다. 5층. 사람들. 여러 목소리….

중학교 1학년 3월의 급식실이 떠올랐다.

급식실은 소리로 가득했다. 식판 부딪치는 소리, 떠드는 소리, 의자 끄는 소리가 동시에 귀를 파고들었다. 손이 떨렸고, 식판이 바닥에 떨어졌다. 아이들의 시선이 나를 향했다. 웃는 소리와 수군대는 소리들.

나는 귀를 막고 급식실을 뛰쳐나왔고, 다시는 학교에 가지 않았다.

창문 앞에 섰다. 별을 세었다. 오늘 창문 안에는 별이 열다섯 개.

단이의 목소리가 다시 떠올랐다.

"그, 그럼 오, 오빠 학교 안 다녀?"

더듬거리며 천천히 나오는 말. 날카로운 모서리가 없는 목소리. 그 목소리는 나를 다그치지 않고, 기다려 줄 것만 같다.

나는 피아노 앞에 앉았다. 건반에 손을 올렸다. 차가운 감촉. 이 감촉은 예측 가능했다. 건반을 누르면 소리가 났다. 같은 건반은 언제나 같은 음을 냈다.

'고양이 춤'을 쳤다.

처음에는 평소처럼 빠르고, 정확하게. 혼자 듣기 위한 연주. 하지만 중간쯤부터는 속도를 조금 늦췄다. 손가락을 천천히 움직였다. 건반을 부드럽게 눌렀다. 음과 음 사이에 '침묵'을 두었다. 그곳에서 숨을 쉬었다.

곡이 끝났다.

나는 문 앞으로 걸어가 심호흡을 했다. 손잡이를 돌렸다. 차가운 공기가 얼굴에 닿았다. 아래층에서 복이 웃는 소리가 들렸다. 멀리서 자동차 지나가는 소리가 들렸고, 바람 소리도 들렸다. 날카롭지 않은 소리들.

바깥세상으로 한 걸음 발을 내디뎠다. 옥탑방 문을 등지고,

나의 세상에서 완전히 나왔다. 그날 이후, 처음이었다. 5층으로 이어지는 계단이 보였다. 무릎이 떨렸다. 나는 심호흡을 멈추지 않았다. 들이마시고, 내쉬고. 계단 쪽으로 세 걸음을 걸었다. 숨이 가빠 왔다. 멈췄다. 숨을 고르고 다시 세 걸음을 옮겼다. 계단 입구에 도착했다. 진땀이 났다.

밤하늘이 보였다. 창문보다 훨씬 넓은 하늘. 별들이 쏟아질 것 같았다.

복이가 해 준 말이 생각났다.

"단이가 그러는데 별님께 간절히 빌면, 소원이 이루어진대."

고양이 춤의 첫 음을 머릿속으로 눌러 보았다. 따뜻한 울림이 들리는 듯했다. 그 음을 들으며 한 걸음 더 계단 쪽으로 발을 옮겼다. 바람이 불어와 땀을 식혀 주었다. 내일은 오늘보다 조금 더 갈 수 있을 것이다.

▍서빈

극작가 겸 연출가, 영화 감독
2023년 제21회 김천국제가족연극제 작품상 수상
2026년 제1회 나무와숲 작가상 수상

아들은 다시 문을 잠갔다. 크리스마스 공연에 피아노를 치겠다고 결심한 지 사흘 만이다. 우리 집을 공연장으로 제공한 것은, 아들을 끌어내기 위한 것이었다. 수녀원 아이들이 춤추고 노래하는 것은 큰 의미가 없었다. 아들은 6개월 전 학교에서 돌아와 문을 걸어버린 그때로 돌아갔다. 이게 다 내 탓이었다.

사흘 전 아들은 평소보다 오래 피아노를 쳤다. 단이라는 아이가 춘다는 '고양이 댄스'였다. 아들의 피아노 소리에 끌려 옥상에 올라가니, 딸은 수연과 단이와 함께 아들의 연주를 듣고 있었다. 고양이가 통통, 팔짝, 날렵하게 주변을 뛰어다니는 듯한 피아노 소리를 듣다가 흥분해서, 나도 모르게 거친 손으로 창문을 벌컥 열어젖히고 외쳤다.

"부모가 버린 거지 같은 애들을 위해 이렇게 열심히 하는데 너를 위해선 뭐든 할 수 있겠다. 공연 끝나면 학교 나가서 비슷한 친구들과 다시 시작해. 세상은 끼리끼리 어울려야 하는 거야."

내 말에 아들은 거칠게 창을 닫아 버렸다. 나는 투박한 손으로 창을 두드리며 왜 그러냐고 소리 질렀다. 결코 수녀원 아이들에게 한 말이 아니었다. 내가 바란 것은 오직 아들의 행복이었다. 여섯 살 때 가난한 부모에게 버림받고 자수성가해 이만큼 살게 된 내가 무엇을 더 바라겠는가?

수연은 나를 쏘아보더니, 단이의 손을 꼭 잡았다. 단이는 수연에게 끌려 옥상을 내려가면서 뒤돌아보았다. 단이의 눈빛을 보는 순간 가슴에서 바람이 쑥 빠져나가는 것 같았다. 피아노 소리가 그친 옥상에는 황량한 바람이 지나갔다. 겨울빛이 힘겨운 몸짓으로 아들의 방 창턱에 기어오르려 안간힘을 썼다.

문득 수녀원에 물건을 전하러 갔던 날이 떠올랐다.

"너는 맏이니까 더 잘해야 해. 그래야 여기서 벗어날 수 있지."

내 말이 끝나기 무섭게 수연의 표정이 굳었다. 옆에서 장난감을 쥔 아이가 내 얼굴을 살피며 뒷걸음질 쳤다. 그날 밤 장난감 포장지가 이리저리 흩어진 현관을 들어서며 깨달았다. 아이들이 나를 보던 당혹스러운 눈빛의 정체를. 아이들을 돕

는다는 명목으로 나는 그들의 상처를 들쑤시며 자신의 성공
에 취해 있었다.

  수연과 단이 그리고 수녀원 아이에게 사과해야 한다고 생
각했다. 하지만 수녀님들 앞에서 못난 모습을 보여 주기가 창
피했다.

  며칠 밤을 뒤척이다가 수녀원에 갔다. 문 앞에서 수녀님과
마주했지만, 입이 쉽게 떨어지지 않았다.

  "저… 그… 지난번에…."

  말끝이 자꾸 흐려졌다. 수녀님은 미소를 지었지만, 그 미소
에 내 마음은 더 오그라들었다.

  공연은 코앞이었고, 나는 미뤄 온 선택을 해야 했다. 이 기
회를 놓친다면 아들은 영원히 옥탑방에 갇혀 살지 모른다. 아
들이 폐인이 될 수 있다고 생각하니 등골이 오싹하고 뒤통수
가 뜨거워졌다.

오랜 고민 끝에 생각해 낸 것은 그들을 진심으로 사랑하는 거였다. 하지만 방법을 알 수 없었다. 다그치고, 강요하는 것이 내 방식이었다. 거칠지만 나는 아둔한 사람은 아니었다. 쪽팔리지만 수녀님께 사정을 털어놓고 도움을 청했다.

크리스마스 공연은 성황리에 열렸다. 단이는 고양이처럼 하얀 타이츠와 티셔츠, 검정 귀와 꼬리를 달고 얼굴에는 고양이 수염을 그렸다. 영락없는 새끼고양이였다.

아들은 단이가 무대로 나오는 모습을 바라보며 한동안 건반에 손을 올리지 않았다. 침묵이 길어지니, 객석에서 마른침을 삼키는 소리가 들렸다. 단이는 아들을 향해 활짝 웃었다. 아들은 그제야 천천히 손을 펴더니 힘차게 건반을 두드리기 시작했다. 경쾌한 리듬이 사방으로 퍼져나갔다.

고양이 댄스를 끝낸 단이가 무대 중앙에서 인사를 하는데 아들이 춤곡을 다시 치기 시작했다. 단이는 숙였던 머리를 들고 폴짝 뛰어오르며 전보다 더 고양이처럼 춤추기 시작했다. 수녀님은 아이들을 모두 무대로 올려보냈다. 햄 아저씨가 깍두기처럼 끼어 아이들과 함께 어울렸다. 고양이처럼 몸을 구르고, 장난치고, 갸르릉 소리 내며 무대 위를 뛰어다녔다. 사람들이 와르르 웃음을 터뜨렸다.

처음엔 아이들이 피아노에 맞춰 춤을 추었는데, 아들은 점점 아이들의 동작에 맞춰 즉흥적으로 연주했다. 피아노는 우정과 즐거움을 지나 서로를 위로하고 쓰다듬는 다정한 소리로 흘렀다. 고양이 댄스가 끝나자, 한꺼번에 조명이 켜져 객석을 환하게 밝혔다. 단이가 울먹이는 소리로 크게 외쳤다.

"엄마"

단이는 앞자리에 앉은 엄마를 향해 달려갔다. 수녀원에 온 후, 처음 만나는 엄마였다. 딸아이가 피아노를 치는 아들을 향해 손하트를 날렸다. 사랑을 표시하는 방법인가? 나는 사람들 몰래 허리 아래로 손을 늘어뜨려 딸의 손 모양을 흉내 내 손하트를 만들어 보았다. 오랜 노동으로 굳고 단단해진 내 손은 딸아이의 작고 말랑말랑한 손이 만든 하트처럼 부드럽지 않았다.

단이 엄마는 내게 고마움이 가득한 눈빛을 보냈고, 수연이 수줍게 웃으며 인사했다. 아들의 시선은 피아노 건반을 향하고 있었다. 아들 솜씨로는 건반 따위 보지 않고도 춤곡 정도는 연주할 수 있었다. 건반을 보는 척하면서 주변을 몰래 살피고 있는지 몰랐다. 하트를 준비하는 내 손처럼 말이다. 나는 아들이 보거나 말거나 번쩍 손을 들어 하트를 날렸다. 어설프고, 조잡하나 그게 내 하트였다. 언젠가는 부드러워질 날이 올 것이다.

나는 비로소 서툴고 어설픈 인생의 첫걸음을 뗀 것 같았다. 연주는 크리스마스 캐럴로 넘어가 있었다. 피아노 소리는 모두의 어깨 위를 건너가며 서로를 다정하게 연결했다. 언제부턴가 아들의 얼굴에는 미소가 번져 있었다. 내 손하트를 본 게 분명하다고 나는 우겼다.

｜ 배명희

중앙신인문학상 단편 「와인의 눈물」 등단. 소설집 『와인의 눈물』, 『엄마의 정원』. 미니픽션집(엔솔로지), 『시간을 빌리는 사람』, 『술집』, 『내 이야기 어떻게 쓸까』 등 다수

릴레이 픽션 「별을 건네는 법」에 대하여

이하언

릴레이 미니픽션은 다성적(polyphonic) 구조로 인물과 사건이 작가마다 다른 방식으로 재현, 확장되어 가는 형식을 가진 미니픽션의 또 다른 시도이다. 이런 릴레이 미니픽션의 특징을 잘 보여 주는 「별을 건네는 법」은 임나라 선생님의 동화 '수연언니'을 기본 틀로 시작했는데 각기 다른 문체와 감각을 가진 여섯 명의 작가들이 릴레이로 바통을 넘기며 공동 서사를 완성했다.

시작은 결핍과 기다림을 상징하는 단이부터이지만 성모의 집 수녀님들, 아이들, 후원자들, 그리고 복이네 가족 등, 작가들이 창조한 새로운 인물들이 그다음 이야기를 이끌어 간다. 이 이야기의 정점은 모든 등장인물들이 한 자리에 모인 가운데 옥탑방에 갇혀 있던 소년이 세상 밖으로 걸음을 내딛는 장면이다. 별을 건네는 법은 결국 서로의 상처를 이해하고 기다려 주는 법, 서툴고 어설퍼도 손을 내미는 법을 의미한다는 묵직한 메시지를 릴레이로 이어 가면서도 잘 담아낸 것이다.

참여 작가들의 다양한 시도들도 눈에 뜨인다.

우선 서사의 깊이가 있다. 첫 번째는 단이라는 아이의 내면을, 이후 공동체의 따뜻한 품, 후원자들의 등장, 그리고 옥탑방 소년의 내적 갈등을 통해 깊이 있는 서사를 완성했다.

각 편마다 이야기를 이끌어 가는 작가들이 만들어 낸 새로운 인물들도 있다. 수녀님, 수연, 복이와 그의 가족, 옥탑방 소년 등은 서로 다른 배경을 지녔지만, 결국 단이와 연결되며 이야기를 풍성하게 만든다.

형식적인 면에서도 다양하다. 전통적인 서술을 따르기도 하고 옥탑방 소년의 내적 독백을 중심으로 진행되었다가 마지막은 아버지의 시선으로 전환되어 앞선 이야기들을 다른 각도에서 재조명하기도 한다.

주제도 확장되어 간다. 처음에는 '버려진 아이'의 이야기였지만, 점차 '공동체의 품', '어른들의 불완전한 사랑', '세상과의 화해'라는 주제로 확장된다. 마지막 공연 장면은 모든 시도의 결실을 보여 주며, 별빛처럼 흩어진 목소리들이 하나로 모이는 순간을 완성한다.

무엇보다 「별을 건네는 법」의 가장 큰 힘은 각 편마다 작가가 다르다는 사실일 것이다. 시선이 다양하므로 이야기는 입체적으로 살아나고, 독자에게는 훨씬 더 넓은 세계를 경험하게 해 줄 수 있다. 「별을 건네는 법」은 결국 서로 다른 목소리가 모여 하나의 빛을 이루는 법을 보여 주는 실험이자 증거인 셈이다.

그런데 이런 이야기의 구성과 결론을 사전에 논의한 바는 없었다.

작가들은 맡은 자기 꼭지에만 최선을 다했고 작가의 의도를 대신해 줄 인물을 창조하고 마음껏 개성을 드러냈다. 그럼에도 마치 처음부터 의논한 것처럼 완결성을 가진 이야기로 끝을 맺었다. 놀랍지 않은가.

「별을 건네는 법」이라는 멋진 작품으로 릴레이픽션의 또 다른 전기를 마련해주신 임나라, 김채옥, 윤신숙, 박동섬, 서빈, 배명희 작가님들에게 진심으로 감사와 경의를 표한다.

▌ 이하언

단편 소설 「달집 태우기」로 《평화신문》 신춘문예 당선
소설 「검은 호수」로 토지문학제 평사리문학대상 수상
소설집 『검은 호수』, 『무한의 오로라』, 미니픽션집 『비둘기 모텔』 외

추모
(追慕)

풍경

노순자

"네 어미가 너만 할 적에는 말을 참 잘 들었다. 요즘 아이들은 당최 말을 안 들어. 아니 가만. 네가 연이 딸이 아니라 연이 딸 지은이의… 그러니까 연이 손녀로구나?"

아흔네 살 여인이 네 살 아이의 손을 잡으려 하자 아이가 물러선다. 아이 얼굴은 울상인데 주름살 속의 흐릿한 눈빛은 말할 수 없이 간절하고 애틋하다. 굵은 주름 가득한 노인의 손이 굼뜨게 움직여 말랑하고 오동통하고 오목조목한 어린 살에 닿자 아이는 겁먹은 얼굴로 물러선다.

- 증조할머니야 슬기야. 네가 예뻐서 그러시는 거야 뽀뽀해 드려. 우리가 할머니 할아버지 뵈러 비행기 타고 왔잖아.

슬기가 제 엄마를 바라본다. 그 타이름이 연이에게는 왜 기계적으로 느껴지는 것일까. 아이에게 이만큼 타일렀으니 제 할 일은 다 했다는 듯한. 저에게는 조모이고 아이에게는 증조모인 하얀 노인에게 아이가 다가가건 말건 그것까지는 자기 소관이 아니라는 듯한 싸한 느낌.

연이가 의자에서 내려와 아이 뒤로 다가앉는다. 아이에게 내민 손이 눈에 들어온다. 낯설다. 굵은 주름이 큰 나무 밑동 껍질을 연상시킨다. 손 등의 검버섯 때문일까. 꺼칠하고 뭉툭한 손이 나무꾼의 손 같다. 그러고 보면 환갑진갑 지나도록 나무꾼을 본 적이 있던가. 보지도 못했으면서 꺼칠한 손이라면 나무꾼이라고 입력되어 있는 것은 무슨 까닭인가. 마침내 그 뭉툭하고 거뭇거뭇하고 투박한 손이 겨우 네 번째로 여름을 맞이하는 연하고 앙증맞은 손을 잡자 울음이 터진다.

"얘는 왜 노인만 보면 우는지 몰라. 애 때문에 서울서도 노인복지관 앞을 못 지나가고 빙 돌아서 아파트 뒷문 쪽 먼 길로 다녀야 한다니까."

지은이가 해명을 하는데 연이는 딸을 물끄러미 본다. 딸이 아주 멀게 느껴진다. 사실 연이는 지은이의 설명이 나오기 전에 아이를 안아 올리려다 자신도 모르게 어머니의 나무 등걸 같고 본 적도 없는 나무꾼을 연상시킨 아흔네 해의 연륜을 살아 낸 손을 잡았다. 그 손은 젊은 날 선녀 날개 같은 무용복을 만들어 주고 까치설빔을 만들어 주고 온갖 맛난 것을 만들어 준 엄마, 내 엄마의 손인 것이다. 지난달만 해도 소리소리 지르면서라도 전화 통화가 가능했는데 이달 들어서는 안 된다. 연이가 전화를 걸면 누구세요? 누구야? 연이냐? 전화를 걸었으면 말을 해. 서울이지? 수유리냐? 연희동이냐? 전화가 왜 이래. 여보 우리 전화 고장 났나 봐. 고장 신고해 줘요.

그렇게 끊기고 몇 분쯤 지나면 어김없이 핸드폰이 운다. 환갑을 지나면서부터일까 어머니의 번호가 뜨면 연이는 속으로 '우리 엄마' 뇌이며 되도록 외진 곳을 찾아간다. 목청껏 고함을 질러야 어머니가 알아듣기 때문이다. 그러나 이제 어머니는 전화를 받았는지 아닌지조차 구별을 못한다. 아무리 고함을 질러도 완전 일방통행이다. 연이야 엄마다 전화받았냐? 엄마야 바빠서 못 받니? 바쁜 건 좋지만 몸 상할라. 엄마 아버지는 잘 있어. 잘 먹고 잘 자고. 연우가 효자라 아침저녁 들여다보고 아버지 면도시켜 드리고 물건 사들이고. 애 글쎄

엊그제 복날은 보신탕까지 사 왔지 뭐니. 나가서 잡숫재는
걸 아버지가 귀찮대서 안 나갔더니 글쎄 통으로 그득하게 사
왔더라니까.

　연이는 엄마의 그 목소리를 조용히 들었다. 눈물을 흘리면
서. 아무리 악을 써도 엄마가 못 알아들으신다는 걸 알고도
처음부터 조용히 듣지는 못한다. 이번에는 혹시 소통이 될까
전화를 받았는지 아닌지는 구별을 하실까 싶어 번번이 고함
을 질러 본다. 그리고 어느 날인가 어머니는 점잖게 안부를
하신 후 중얼거렸다. 하느님은 뭘 하시느라 이렇게 우릴 안
데려가신다니. 이제는 들리지도 않고 보고 싶은 내 새끼들 볼
수도 없는데.

　연이는 만사를 제쳐놓고 비행기를 예약했다. 출장 간 아들
네는 차마 전화를 못 하고 그래도 만만한 딸에게 월차를 내든
휴가를 받든 이번엔 주말 끼어 시간 내라고. 대체 외할머니
언제 뵈었어? 할머니가 너 길러 주신 거 잊었어? 나중에 엄마
는 안 와 봐도 되니까 너 길러주신 외할머니는 참참이 가 뵈
랬잖아? 독한 말을 퍼부으며 칼에 벤 상처는 나아도 말에 벤
상처는 안 낫는다는데 심한 거 아닌가 속으로 그런 생각까지

추모(追慕)　245

하면서 잔소리를 해 가지고 데려온 게 아니라 모셔 온 딸내미 가족이다.

바락바락 눈물도 없이 울던 아이는 제 어미가 스마트폰을 쥐여 주자 발딱 일어서며 딱 그친다. 그리고 번개같이 빠르게 증조할아버지 할머니에게 찡그린 얼굴의 억지웃음을 보여 드리고 역시 번개처럼 억지 뽀뽀 시늉을 하고는 소파에 올라앉아 그 앙증맞은 손가락으로 스마트폰을 주무른다.

"할머니 장모님 어렸을 적 얘기 좀 해 주세요. 슬기가 장모님 닮았어요?"

눈치 9단 사위가 매직펜으로 달력 뒷장에 커다랗게 써서 하얀 노인의 코앞으로 들이민다. 사위는 보청기가 제 역할을 못할 때부터 고함을 치는 대신 필담을 한다. 연이는 오늘따라 사위의 그 우아한 대화법도 화징머리가 난다. 어떻든 글씨를 알아본 어머니의 얼굴은 오글오글 밝아진다.

"그럼 그럼 똑 닮았어. 팔판동에 소문이 파다했지. 집 잘 보고 말 잘 듣는 아이라고. 대문간에 앉혀 놓고 장에 갔다 오면

한 시간이고 두 시간이고 소꿉을 놀았는걸. 제 사랑 제 등에 지니는 법이야. 그게 그렇게 말을 잘 들을수록 내 가슴에는 피멍이 졌네. 평생 입에 안 담았어. 무덤까지 가져갈 피멍이야. 연이 너만 알아 둬. 너는 내 딸이다. 밖에서 들여온 자식 아니고 내 딸이야."

하얀 노인의 비장한 어조 때문일까. 집안 공기가 무겁게 가라앉았다. 지은이가 제 남편을 바라보다 연이를 보고 사위의 눈도 연이에게 쏠리고 연이의 눈은 아버지를 찾는다. 말을 잃은 지 오래인 아버지의 얼굴이 실룩거린다.

"느이 엄마가 망령이구나. 치매다 치매야."

▎노순자 ☙

서울 출생. 서라벌예대 문창과를 졸업하고 1974년 동아일보 여성동아 장편 공모에 당선되었다. 1975년 현대문학완료 추천, 제16회 한국소설문학상, 제17회 펜문학상, 제2회 월간문학동리상, 제4회 손소희문학상을 수상했다. 창작집으로 『몽유병동』, 『산울음』, 『진혼미사』, 『사춘기』, 장편소설로 「타인의 목소리」, 「누이여 천국에서 만나자」, 「백록담 연가」, 「초록빛 아침」, 「마음의 물결」 등이 있다.
한국미니픽션작가회 회장 역임
2025년 11월 10일 별세

연
재

고전문학 속에 빛나는 미니픽션 Ⅰ
(삼국 시대 ~ 통일 신라)

이진훈

우리나라는 기원전에 이미 한나라에서 한자를 도입해서 수많은 기록 유산을 남겼다. 그 가운데 유네스코 세계기록유산으로 등재된 것이 1997년 〈훈민정음 해례본〉을 시작으로 〈조선왕조실록〉, 〈직지심체요절〉, 〈승정원일기〉, 〈조선왕실의궤〉, 〈팔만대장경〉, 〈난중일기〉 등 모두 20건으로 세계에서 4번째, 아시아 태평양지역에서 첫 번째로 많다. 문학적인 자료로는 2022년에 안동 지역의 내방가사가 유네스코 아시아 태평양 기록유산으로 등재되기도 하였다.

29초 영화, 쇼츠 동영상을 비롯하여 짧은 것이 대세인 요즘 문학계에서도 짧은 소설, 미니픽션이 주목을 받고 있다.

미니픽션이라고 하면 누구나 남아메리카의 보르헤스(Jorge Luice Borges, 1899~1986)와 마르케스(Gabriel García Márquez,

1928~2014)를 이야기한다. 그러나 한국의 기록문화 역사 2,000
여 년 가운데 문학적인 글이 매우 많은데 그 가운데는 현대적
의미의 미니픽션적인 글들이 매우 많다. 서사적이면서도 허구
적, 압축적, 교훈적, 풍자적, 상징적, 철학적, 함축적인 내용을
지닌 짧은 글이 넘쳐난다. 이 글에서는 우리 고전문학 속에 빛
나는 미니픽션을 통시적으로 소개하고자 한다. 아쉽게도 오랜
세월이 흐르면서 많은 고전문학 작품이 제목과 유래만 전할 뿐
내용이 소실되었다는 점이다.

| 삼국 시대 ~ 통일 신라 미니픽션 |

이 시기의 문학작품은 산문보다는 운문 형태로 지어지고 노
래로 불렸다. 문맹률이 높은 시대이니 글로 전파하기보다는
가락을 얹은 노래로 전파하는 것이 효과적이기 때문이다.

고구려 시대 노래로는 이주민들의 삶을 다룬 〈내원성가〉, 자
신의 삶을 나무에 빗대 죽도록 열심히 일하겠다는 〈연양가〉,
남녀 간 사랑의 인연을 소재로 한 〈명주가〉 등이 있다.

백제 시대의 노래는 〈선운산가〉, 〈무등산가〉, 〈지리산가〉, 〈
방등산가〉 등이 있는데 모두 제목만 전해 온다. 〈정읍사〉는 망

부가로 가사와 함께 배경 설화가 전해 오는데, 그 내용을 살펴
보면 짧은 노래 속에 작중 화자의 심리가 '기원 〉 의심 〉 당
부 〉 염려'로 변하는데 그 내용을 압축적으로 표현되어 있어
다분히 미니픽션적이다. 『삼국사기』에 전하는 백제 〈도미부인
설화〉는 관탈민녀형(官奪民女型) 설화의 효시로 백제 작품 가
운데 가장 미니픽션적이다. 그 줄거리를 아래에 소개한다.

백제 왕궁 근처에 도미 부부가 살았다. 도미는 백제 사람으
로, 의리를 알며 그 아내는 아름답고 부덕이 있어 사람들의
칭송을 받았다. 도미 부인의 미모가 궁궐에까지 퍼지자 개루
왕은 그녀를 탐하였다. 개루왕이 도미와 내기하여 도미의 아
내를 궁녀로 삼으려고 하였으나, 도미의 아내는 개루왕을 속
였고 속은 사실을 알게 된 개루왕은 도미의 눈알을 빼고 작은
배에 태워 띄워 보냈다. 도미의 아내는 계략을 써서 궁중을
탈출하여 강가에서 떠내려오는 빈 배 한 척을 타고 천성도(泉
城島)에 이르러 남편을 만났고, 이후 고구려에 가서 그곳에
살았다.

신라와 통일 신라의 문학작품은 매우 많다. 삼국을 통일한
승전국이다 보니 기록물이 잘 보존되었기 때문이다.

우선 향가를 살펴본다. 신라 시대에는 한자 외에도 향찰이
라는 우리 고유의 문자를 만들어 수많은 문학작품을 창작했

다. 신라 때 문헌 중에 향가를 집대성한 각간(角干) 위홍(魏弘)의 『삼대목』이라는 책이 있을 정도였으니 당시 향가의 창작이 얼마나 왕성했는지 짐작이 간다. 현재까지 『삼국유사』, 『균여전』 등의 문헌에 남아 있는 향가는 모두 27수로 모두 향찰로 기록되어 있다. 특히 『삼국유사』에는 작품과 함께 배경 설화까지 기록되어 있는데 노래도 노래지만 설화 그 자체가 한 편의 훌륭한 미니픽션인 경우가 많다.

향가에는 불교적인 내용이 많지만 〈처용가〉나 〈헌화가〉는 남녀의 애정 문제를 담고 있다. 특히 〈헌화가〉는 4구체(4줄)의 짧은 노래이지만 그 배경 설화는 미니픽션이 지닌 함축성과 허구성 외에도 유미적 내용까지 담고 있어 해석의 다양성을 통한 상상력을 자극하는 요소까지 있다.

성덕왕 때에 순정공이 강릉태수(지금의 명주)로 부임할 때 바닷가(海汀)에 가서 점심[晝饍]을 먹었다. 그 곁에는 바위 봉우리가 병풍처럼 둘러쳐서 바다를 굽어 보고 있는데, 높이는 천 길이나 되는 그 위에는 철쭉꽃이 활짝 피어 있었다. 공의 부인 수로는 이것을 보고 가까이 따르던 이들에게 청했다.

"누가 저 꽃을 꺾어다 주겠소?"

종자(從子)들은 대답했다.

"그곳은 사람의 발자취가 이르지 못하는 곳입니다."

그러고는 모두 안 되겠다 했다.

그 곁으로 한 늙은이가 암소를 끌고 지나가다가 부인의 말을 듣고 그 꽃을 꺾어와서는 또한 가사를 지어 바쳤다. 그 늙은이는 어떤 사람인지 알 수 없었다. 또 이틀을 더 가니 임해정(臨海亭)이 있었다. 그곳에서 점심을 먹고 있었는데 바다의 용이 갑자기 부인을 끌고 바닷속으로 들어가 버렸다. 공은 비틀거리며 땅에 주저앉았으나 아무런 계책이 없었다. 또 한 노인이 말했다.

"옛사람 말에 뭇사람의 입에 오르내리면 쇠 같은 물건도 녹인다 했으니 바닷속의 짐승이 어찌 뭇사람의 입을 두려워하지 않겠습니까? 당연히 경내의 백성을 모아야 합니다. 노래를 지어 부르고 막대기로 언덕을 치면 부인을 찾을 수 있을 것입니다."

공이 그 말대로 따라 하였더니 용이 부인을 받들고 바다에서 나와 공에게 바쳤다. 공이 부인에게 바닷속 일을 물으니 부인이 대답했다.

"일곱 가지 보물로 장식한 궁전에 음식은 달고 향기로우며 인간의 음식은 아닙니다."

또 부인의 옷에서는 이상한 향기가 풍겼는데, 세간에서는 맡아보지 못한 것이었다. 수로부인은 용모가 세상에 견줄 이가 없었으므로 매양 깊은 산이나 못을 지날 때면 번번이 신물들에게 붙들리곤 하였던 것이다.

사람들이 해가(海歌)를 불렀는데 그 가사는 '거북아 거북아 수로를 내놓아라, 남의 부인을 앗아간 죄 얼마나 크냐, 네 만약 거역하여 내어놓지 않으면, 그물을 던져 너를 잡아 구워 먹겠다'라고 하였다. 노인의 〈헌화가〉는 '붉은색 바위 가에, 잡고 있는 암소 놓으시고 나를 아니 부끄러워하시면, 꽃을 꺾어 바치오리다'이다. - 삼국유사, 수로부인조(水路夫人條)

『삼국사기』나 『삼국유사』는 고려 때 간행되었지만 내용은 모두 삼국과 통일 신라 이야기이다. 특히 『삼국유사』 속 이야기는 설화 형태로서 미니픽션적 요소를 강하게 지니고 있다. 짧지만 서사성이 있고, 허구적이고, 재미있고, 문학적 상상력이 풍부하다. 우리에게 익숙한 '광덕과 염장', '노힐부득과 달달박박', '처용', '연오랑세오녀', '선덕여왕 예지', '서동과 선화공주', '미실과 진흥왕', '바보 온달과 평강공주' 등 이루 헤아릴 수 없을 만큼 수많은 작품이 실려 있다.

원효대사의 아들 설총이 지은 〈화왕계(花王戒, 동문선에는 풍왕서諷王書)로 게재되어 있다〉는 신라 문학의 으뜸이라고 할 수 있다.

설총이 이렇게 말했다. "제가 들은 것은 옛날 화왕(花王, 모란)이 처음 왔을 때의 이야기입니다. 이를 향기로운 동산에 심고 푸른 장막으로 보호하였는데, 봄철이 되자 곱게 피어나 온갖 꽃들을 능가하여 홀로 빼어났습니다. 이에 가까운 곳으로부터 먼 곳에 이르기까지 곱디고운 아름다운 꽃의 정령들이 바삐 달려와 화왕을 알현하고자 하며 오로지 뒤처지지나 않을까 염려하였습니다.

홀연히 한 미인이 붉은 얼굴과 옥 같은 이에 곱게 화장하고 맵시 있게 차려입고는 간들간들 오더니 얌전하게 앞으로 나와서 말하기를 '저는 눈처럼 흰 물가의 모래를 밟고, 거울처럼 맑은 바다를 마주 보며, 봄비로 목욕하여 때를 씻고, 맑은 바람을 상쾌하게 쐬면서 유유자적하는데, 이름은 장미(薔薇)라고 합니다. 왕의 아름다운 덕을 들은지라 향기로운 휘장 속에서 잠자리를 모시고자 하온대 왕께서는 저를 받아 주시겠습니까?'라고 하였습니다.

또한 한 장부가 베옷에 가죽띠를 매고 허연 머리에 지팡이를 짚은 채 비틀거리는 걸음으로 구부정하게 와서 말하기를 '저는 서울 밖의 큰길가에 거처하여, 아래로는 푸르고 넓은 들판의 경치를 내려다보고 위로는 우뚝 솟은 산빛에 의지하고 있사온대, 이름은 백두옹(白頭翁, 할미꽃)이라 합니다. 가만히 생각해 보니, 비록 주위에서 받들어 올리는 것들이 넉넉하여 기름진 음식으로 배를 채우고 차와 술로 정신을 맑게 하고 의복이 장롱 속에 쌓여 있더라도, 반드시 좋은 약으로 기운을 돋우고 독한 침으로 병독을 없애야 하는 것입니다. 그러므로 옛말에 명주실과 삼실 같은 귀한 것이 있다 해도 왕골과 띠풀 같은 천한 물건을 버리지 않아, 무릇 모든 군자들은 모자람에 대비하지 않는 일이 없다 하였습니다. 왕께서도 또한 이런 생각을 갖고 계시는지 모르겠습니다.'라고 했습니다.

어떤 이가 '두 사람이 왔는데 어느 쪽을 취하고 어느 쪽을 버리시겠습니까?'하니, 화왕이 '장부의 말도 일리가 있지만 아름다운 여인은 얻기가 어려운 것이니 이 일을 어찌 할꼬?'라고 말했습니다. 장부가 나아와서 말하기를 '저는 대왕이 총명하여 이치를 잘 알 것이라 생각하여 왔던 것인데, 지금 보니 그렇지가 않습니다. 무릇 임금 된 사람치고 간사하고 아첨하는 자를 가까이하고 정직한 자를 멀리하지 않는 이가 드뭅니다. 이 때문에 맹가(孟軻, 맹자)는 불우하게 일생을 마쳤고, 풍당(馮唐)은 낭서(郎署, 숙위관으로 낮은 관직임)에 머물러 백발이 되었던 것입니다. 예로부터 이러하였으니 전들 어찌하겠습니까?'라고 하니, 화왕이 '내가 잘못했다, 내가 잘못했다.'라고 했답니다."

이 이야기를 듣고 왕이 안색을 바로 하며 말했다.

"그대의 우화는 진실로 깊은 뜻이 담겨 있다. 글로 써서 왕된 이들의 경계로 삼기 바란다."

그리고는 설총을 높은 관직에 발탁하였다.

| 이진훈

미니픽션 작가
미니픽션 창작집『베이비 부머의 반타작 인생』
답사기『한양도성 文史哲 순성놀이』

제7회
미니픽션
신인상

　제7회 미니픽션 신인상 공모에 보내 온 250여 편의 작품 중에서 예심을 거쳐 20편이 본심에 올랐다. 예년에 비해 본심에 오른 작품이 많다는 것은 그만큼 좋은 작품이 많다는 뜻이어서 반가웠다. 기대했던 대로 20편 모두 개성이 뚜렷하고 소재도 참신하여 심사하는 내내 즐거운 마음으로 의견을 나누었다. 물론 미숙한 글쓰기와, 주제와 소재의 매끄럽지 못한 연결과, 현실성 결여 등의 문제점이 눈에 띄어 약간의 실망을 안겨 주기도 했다.

　두 명의 심사위원은 이번에 다음과 같은 기준을 마련하고 심사에 임하였다.

1. 미니픽션다운 미덕과 장점을 지녔는가. 짧은 글 속에 삶과 사회의 단면을 얼마나 압축적으로 인상 깊게 묘사했는가 하는 점을 우선적으로 보았다.
2. 내용이 참신하고 독창적인가. 신인상 공모의 존재 이유

는 새로운 작가의 발굴에 있으니만치 얼마나 이야기가 새롭고 창의적인가를 중요시하였다.

3. 지금 여기에 사는 우리들과 밀접한 연관이 있는가. 미니픽션도 픽션인 만큼 허구적인 내용이지만, 단순한 허구를 넘어 현재와 얼마나 연관되어 있는가를 눈여겨보았다.

이런 기준을 염두에 두고 심사를 하면서, 일단 글쓰기 훈련이 충분히 되어 있지 않은 작품과, 주제가 상대적으로 빈약한 작품과, 참신함이 떨어지는 작품을 하나하나 제외하다 보니 권명하의 〈17번 두개골〉과 이후경의 〈송진〉과 양선화의 〈틈〉 이렇게 세 작품이 남았다. 세 작품 모두 당선작으로 선정해도 손색이 없을 만큼 훌륭해서 마지막 순간까지 결정하기가 쉽지 않았다. 그래도 숙의를 거듭한 끝에 〈틈〉을 당선작으로 뽑기로 결정했다.

〈틈〉은 현재 우리 사회를 양분하고 있는 진영 간의 대립과 갈등, 그리고 현실을 도외시한 채 맹목화되어 가는 신앙에 대해 사실적으로 묘사하면서도, 그 치유에 대한 고민과 대안을 파격적인 은유로 제시함으로써 미니픽션이 지닌 미덕과 장점을 유감없이 발휘한 점이 돋보였다. 〈송진〉은 작가로서의 삶에 대한 진지한 성찰과 핍진성이 뛰어났으나 참신성과 압축

미가 아쉬웠고, 〈17번 두개골〉은 눈앞에 다가온 AI 시대의 풍
경을 흥미진진하게 잘 그려냈지만, 현실감이 조금 부족해 아
쉬웠다. 앞으로 SF 작가로 대성할 가능성이 높다고 여겨진다.

　캐나다의 시인이자 가수인 레너드 코엔의 노래에 "모든 것
에는 금이 가 있다. 빛은 바로 그 틈으로 들어오는 것이다."라
는 구절이 있다. 진영 간의 소통이 꽉 막힌 우리사회에 건강
하고 창의적인 틈새가 많이 생겨나길 희망하면서 당선자에게
축하를 보낸다. 이번 수상을 계기로 훌륭한 작가로 성장하기
를 기원한다. 아울러 당선하지 못한 분들에게도 깊은 위로를
보내며 앞날의 무궁한 발전을 기원한다.

심사위원 | 김의규, 김혁(글)

틈

양선화

어느 날과도 다르지 않은 날이었다.

훗날 전형목 전도사는 이렇게 회상했다. 하지만 그의 기억은 틀렸다. 혹은 부러 기억을 외면하거나 왜곡했다. 그날, 2016년 8월 28일 일요일, 그가 오전 예배를 마치고 귀가하던 길은 여느 때와 조금 달랐다. 일단 광화문역에서 연신내역까지, 702A 또는 702B 버스를 타지 않고 신촌 방향으로 마냥 걷기 시작한 것부터가 그렇다.

그가 버스 정류장 전광판을 쳐다보고 있다가, 축축한 노란색 리본을 손아귀에서 만지작거리다가 왜 갑자기 버스와 반대 방향으로 걷기 시작했는지, 그 자신은 모른다. 그러니까 우리는 시간을 조금 더 거슬러서 잠깐 그의 예배당에 들렀다 올 필요가 있다. 물론 헛수고가 될지도 모르겠다. 그날은 일주일 동안의 이상고온이 정점을 찍은 날이었고, 그저 너무 덥다 보니, 길거리를 지나는 수많은 행인 중 몇 명이 미쳐 날뛰다가 좀비로 변신한다고 해도 이해해 볼 수 있을 정도였다. 어쩌면 전형목 전도사는 그저 더위 때문에 신경계에 일시적인 이상이 생겼던 것인지도 모른다. 아무려나, 예배당에 들렀다 온다고 많이 늦는 것은 아닐 테니.

그날 목사의 설교까지는 별다를 것이 없었다. 주님에게로 가는 길은 곧은 길이어야 한다, 주변의 어떤 유혹과 변수에도 한눈팔아서는 안 된다는 익숙한 레퍼토리가 나올 즈음, 전형목 전도사의 옆자리에 있던 신도가 크게 재채기를 했다. 그때까지는 아무도 신경 쓰는 사람이 없었다. 그런데 이 신도의 재채기가 점점 더 크고 잦아졌다. 게다가 단순히 재채기 소리라고 하기에는 좀 이상했다. 전도사는 신도가 사실 웃음을 참고 있다는 걸 깨달았다. 그러나 웃음은 잘 참아지지 않았고 재채기와 '흐흐흐' 하는 웃음소리가 번갈아 터져 나오며 괴이한 느낌까지 주었다. 몇 천 명의 신도 중 적어도 백 명의 이목은 끌 만한 소음이었다. 발작 증세 같기도 했기 때문에 전도사는 "괜찮으십니까" 하고 그녀를 일으켜 데리고 나왔다. 그녀는 순순히 따라 나왔지만 그 와중에도 재채기와 웃음 반반을 멈추지 않았고 소리는 점점 더 커졌다. 전도사는 그를 부축하고 나오면서 예배당의 통로가 이렇게 길었나 싶어 아연해졌다.

교회 바깥으로 나왔을 때 햇볕은 거의 공격적으로 내리쬐고 있었다. '너희를 다 죽여 버리겠다'는 누군가의 의도가 아니고서는 납득할 수 없는 햇볕이었다. 볕 아래 우뚝 선 신도는 40세가 좀 넘어 보이는 작은 체구의 여성으로, 얼굴에 잔주름들이 어지러이 나 있었다. 그녀가 밖으로 나오자마자 갑자기 소리를 뚝 멈추고 몸을 곧게 폈기 때문에, 전도사는 순간 섬뜩한 기분이 들었다. 그녀가 전도사에게 물었다.

틈을 보신 적이 있어요?

전도사는 "틈이요, 어떤 틈 말씀이십니까" 하고 몇 차례 되묻다가 그만두었다. 몸이 안 좋으신 것 같은데 댁까지 모셔다 드리겠다고 하자, 신도는 여기서 가깝다면서 성큼 앞서 걷기 시작했다. 햇볕과 싸우며 그녀를 따라 도착한 곳은 이순신

동상이 내려다보고 있는 광화문 광장이었다. 신도는 감사하다고 말한 뒤 별다른 인사도 없이 농성장 천막 중 하나로 쑥 들어가 버렸다. 전도사는 근처 교회를 다니면서도 농성장 바로 앞까지는 와 본 적이 없었다. 어색하게 일이 분 정도 서성거리던 그는 서명 용지 옆에 무료 배포용으로 쌓여 있는 '노란 리본' 하나를 꺼내 들고 자리를 떠나려 했다. 그때 나이가 지긋한 한 남성이 다가오더니 목소리를 낮춰 물었다. "여기서 뭐 하십니까?"

전도사는 그의 얼굴을 기억했다. 그 역시 같은 교회의 신도였다. 안부 인사를 주고받고 버스 정류장 쪽으로 같이 걸어가던 중, 신도가 한층 더 낮은 목소리로 혼잣말처럼 중얼거렸다.

참, 저건 언제쯤 사라지려나 모르겠습니다.
예? 뭐가 사라져요?"
뭐긴요. 저 천막들 말이지요. 계속 저렇게 둘 수는 없지 않겠어요.

신도가 먼저 버스를 타고 떠났고, 앞서 말했듯 전도사는 이유도 모르고 걷기 시작했다. 땀이 쉴 새 없이 흘러서 와이셔

츠를 흠뻑 적셨다. 걷는 동안 낯익은 신도 몇 명을 더 마주쳤지만 그는 더 이상 인사를 주고받지 않았다. 서대문역을 지나고, 충정로역을 지나고, 쇠락한 상가들이 이어지는 아현역 근처로 접어들었다. 새 출발과는 도무지 어울리지 않는 버려진 듯한 가구들과, 지나치게 화려하고 유행이 지난 웨딩드레스를 입은 마네킹들이 하릴없이 늘어서 있는 길이었다. 전도사는 그것들을 의미 없이 눈으로 훑으며 지나갔다. 그러다 그는 건물과 건물 사이에 난 '틈'을 발견했다.

골목길이라고 하기에는 너무 좁았고, 성인의 몸 하나가 들어가면 딱 맞게 채워질 듯한, 말 그대로 '틈'이었다. 그는 그 앞에 멈춰 서서 한참 동안 틈을 노려보았다. 양옆과 뒤를 휘둘러봤지만 뜨거운 거리에는 행인이 한 사람도 보이지 않았다. 그는 약간 망설이다가 틈으로 들어갔고, 틈을 채웠다. 어깨가 거의 양쪽 벽에 닿았다. 에어컨을 틀어 놓은 것처럼 서늘한 바람이 그의 몸을 뚫고 지나가는 것 같았다. 재채기가 터져 나왔다. 웃음이 나올 것 같기도 했다. 그는 그로부터 한 시간가량 틈을 채우고 서 있었다. 자기가 들어온 큰길 방향으로 몸을 틀어서, 틈만큼 좁은 시야로 차들이 쌩쌩 지나가는 것을 멍하니 바라보았다. 간간이 사람이 지나가기도 했지만 틈에 눈길을 주는 이는 없었다.

　그 틈을 알게 된 뒤로, 전도사는 자주 그 속에 머물렀다. 갈수록 머무는 시간이 길어졌고, 나중에는 하루 종일 그 속에서 지냈다. 거기서 김밥을 먹거나 심지어 잠을 자는 일도 있었다. 뭔가 많이 먹은 날은 틈이 더욱 좁아져서 살이 약간 쓸리기도 했다. 그래도 전도사는 만족했다. 신(神)도 나를 이렇게 꼭 맞게 감싸 준 적이 없다고, 그는 생각했다. 불경한 생각이라는 생각조차도 오래가지는 않았다. 그 속에서라면 더 이상 기도를 하지 않아도 괜찮았다. 회개하지 않아도 되었다. 그는 믿음을 잃고 존재를 얻었다.

　전도사는 틈 속에서 살게 되면서 결국 전도사가 아니게 되었다. 교회에서는 자취를 감춘 그에 대해 몇 가지 소문이 돌았다. 전도사가 좁은 골목길에서 옷을 벗고 있었다, 몸이 피투성이였다, 쇼윈도 너머로 웨딩드레스를 구경하면서 미친 사람처럼 웃고 있었다, 아니다 울고 있었다, 가구점 앞에 칠이 벗겨진 소파에서 자위를 하고 있었다……. 다들 듣자마자 터무니없다고 넘겨 버릴 만한 괴담들이었다.

소문의 진위는 여러분에게 맡기고, 그저 사실을 말하자면,
지금은 틈도 없고 그도 없다.

그는 틈과 함께 깨끗이 사라졌다.

그 자신이 틈이 되었다.

당선 소감

원래 모르는 전화번호는 잘 받지 않는다. 하지만 조금 떨리는 마음으로 당선 연락을 바로 받았던 건 만에 하나 병원에서 온 전화일까 싶어서였다. 지난주 토요일에 유방 초음파에 이어서 조직 검사를 받았다. 월요일에 출근해서 오전 내내, 내 가슴속에 뚫려 있던 검은 공간을 생각했다. 의사는 검은색이 깨끗하지만은 않고 뭐가 섞여 있는 것 같다고, 그냥 물혹은 아닐 거라고 했다.

당선 소감을 쓰는 지금도 아직 조직 검사 결과는 모른다. 결과가 어찌 되건 얼결에, 미래에 관심이 없는 내가 미래 생각을 해 보고 있었다. 그러다 예상치 않게 당선 소식을 듣고 보니 그 미래에 미니픽션을 슬쩍 넣고 싶어진다.

나는 성격이 급해서(물론 이것 때문만은 아니겠지만) 긴 소설은 못 쓴다. 이야기를 쓰고 싶어 하면서도 막상 그렇게까지 할 이야기가 많지 않다는 것, 오래 이야기하는 것이 지루해서 최대한 빨리 끝내려고 든다는 것이 내 콤플렉스였다. 그런 면에서 이야기꾼이라는 정체성은 나와 맞지 않는다. 그렇다고 단 몇 줄로 독자를 사로잡을 시적인 재능도 없다. 그럼 나는 뭘까.

아마도 나는(빽빽한 세포 속에 의뭉스럽게 뚫린) 공백이다. 일상에서 갑자기 발견한 건물 사이의 틈이라거나 벽에 난 균열 같은, 나와 주변이 이렇게 굴러가고 있는 것에 대해서 잠시나마 제동을 걸게 하는 이야기를 쓰고 싶다. 진상을 알고 보면 픽 웃게 되는 사소한 결절일 수도 있고, 이 위기만 지나가면 또 그냥저냥 살던 대로 살게 될 수도 있지만, 어떤 경우에는 세계를 뒤집어 놓기도 하는 순간을 포착하고 싶다. 미니픽션은 그걸 담기에 맞춤한 그릇일지 모른다.

내 이야기를 처음으로 알아봐 주고 귀한 지면을 내어주신 심사위원분들께 감사드린다. 책이랑 담쌓고 살다가 나를 만나 전국의 책 축제를 찾아다니게 된 짝꿍 승환에게 사랑을 전한다.

▌ 양선화

1985년 입춘에 태어났다. 동국대학교 문예창작학과를 졸업하고 2008
년부터 지금까지 출판 편집자로 일하고 있다.

제1회
나무와숲
작가상

'나무와숲 작가상'은 나무와숲(대표: 최헌걸) 후원으로 한국미니픽션작가회가 주최·주관합니다.

제1회 '나무와 숲 작가상'에는 총 12편의 작품이 응모되었습니다. 여러 작품에서 새로운 시도와 실험정신이 돋보였으나, 일부 작품은 문장 수련의 부족과 독자에게 전달되는 감동의 깊이가 아쉬웠습니다.

본심에는 「귀 뒤에서」, 「감정사」, 「트리라인의 페이토」, 「네로」, 「대역」 등 5편이 올랐습니다. 심사위원단은 미니픽션으로서의 완성도, 문장의 정확성, 주제 의식의 명료함, 독자와의 소통 가능성을 기준으로 면밀히 검토했습니다.

「귀 뒤에서」

퀴어 서사를 통해 상실과 집착, 예술과 삶의 경계라는 보편적 질문을 제기한 작품입니다. 구성과 문장의 완성도가 높고,

현대 한국 사회의 단면을 예리하게 포착했습니다. 다만 몇몇 에피소드가 설명에 기댄 점, 결말의 모호함이 작품의 완결성을 다소 저해했습니다.

「감정사」

환상적 리얼리즘과 역사철학적 알레고리를 결합하여, 사진으로 감정을 지운다는 신선한 설정을 보여 준 작품입니다. 그러나 과도한 일본어 사용이 독자를 소외시킬 우려가 있으며, 미니픽션의 형식에 비해 소재와 주제가 다소 무겁게 느껴졌습니다.

「트리라인의 페이토」

세련된 구성과 시각적 문체가 돋보이는 작품입니다. 만인에 대한 만인의 감시와 견제라는 현대적 삶의 역설을 효과적으로 형상화했습니다. 다만 기존 영화나 연상 작품과의 유사성이 지적되어, 독창성 면에서 아쉬움이 남았습니다.

「네로」

실험적 문체로 현대인의 정신적 혼란을 섬세하게 포착한 작품입니다. 동시대 청년의 목소리를 정확히 담아냈으나, 그 안에서의 실존적 몸부림이 충분히 형상화되지 못했습니다.

소모적 삶에 대한 기록에 그쳐, 문학적 승화를 위한 철학적 사유가 부족했습니다.

「대역」

대역 배우라는 특수한 직업을 통해 현대인의 보편적 소외를 형상화한 작품입니다. 가볍지 않은 주제를 다루면서도 높은 가독성을 유지했으며, 미니픽션의 미덕을 고루 갖추었습니다. 정확한 단어 선택, 자연스러운 시간 이동, 절제된 문장이 빛을 발합니다.

예측 가능한 결말과 다소 평면적인 인물 설정이라는 한계에도 불구하고, 외부 사건을 최소화하고 내면의 드라마에 집중한 서사 전략이 효과적이었습니다. 특히 "비로소 내 장면이 시작될 순간"이라는 결말은 강요되지 않은 점진적 깨달음을 보여주며, 순환과 열림, 새로운 시작의 은유를 통해 독자에게 해석의 여지를 풍부하게 남깁니다. 이는 짧은 형식 안에서 울림을 만들어내는 미니픽션의 본질에 가장 충실한 접근이었습니다.

이에 심사위원단은 서빈의 「대역」을 제1회 나무와 숲 작가상 수상작으로 선정했습니다. 당선자가 앞으로 더욱 깊이 있고 활발한 작품 활동을 펼쳐 나가기를 기대합니다.

심사위원 | 구자명(소설가) 배명희(소설가)

대역

서빈

그 배우는 액션을 하지 않는다. 대신 내가 한다. 그의 뼈는 멀쩡하고, 내 뼈가 부러진다. 데뷔 초에 직접 연기했다가 갈비뼈 두 대가 부러진 뒤로, 그 자리는 늘 내 것이다.

촬영장에 가면 그의 의상을 입는다. 그의 시계를 차고, 그의 향수를 뿌린다. 카메라가 내 얼굴을 찍지 않을 거라는 걸 알면서도, 나는 그의 표정을 따라 한다. 아파도, 그가 아파하는 방식으로 아파한다. 그가 쓰러지는 속도로 넘어지고, 그의 호흡으로 고통을 삼킨다.

"레디, 액션!"

차가 돌진한다. 나는 하늘을 본다. 다음엔 아스팔트.

어깨가 먼저 닿고, 그다음 머리가 닿는다. 헬멧을 썼지만 머리가 띵하다.

"컷! 한 번 더 갈게요!"

두 번째 테이크가 시작된다.

이번엔 옆구리가 먼저 땅에 닿는다. 아까보다 더 깊고 뜨거운 충격이 뼛속으로 파고든다.

"컷! 좋았어요!"

의무팀이 달려온다. 괜찮냐고 묻는다. 나는 괜찮다고 말한다.

그 배우가 분장실에서 나와 내게 손을 들어 보인다. 수고했다고. 나도 손을 들어 답한다. 그 순간에는 내가 한 일을 누군가 알고 있다는 느낌이 든다.

스물네 살 때, 어머니가 물은 적이 있다.

"영화 언제 나오니?"

"저는 안 나와요."

"그럼 뭐 하는 거니?"

나는 대답하지 못했다.

서른다섯, 소개팅에서 만난 여자가 내게 직업을 물었다.

"배우예요."

"어떤 작품에 나오셨어요?"

나는 작품 이름을 댔다.

“아, 그 영화 봤어요. 어떤 역이었어요?”

“…주인공이요.”

엄밀히 말하면 주인공의 대역이었지만, 나는 그냥 그렇게 대답했다. 무릎에 남아 있는 계단 신의 흔적만은 진짜였다.

쉰둘.

그 배우가 이제 액션물에서는 은퇴하겠다는 발표를 했다. 나는 뉴스를 보며 이상한 기분이 들었다.

‘그럼 나는 뭐 하지?’

2주 뒤, 그에게서 연락이 왔다. 마지막 인사를 하고 싶다고.

카페에서 그를 만났다. 그와 마주 앉은 건 처음이었다.

그는 커피를 마시며 말했다.

“30년 넘게…. 고생 많으셨어요.”

“아닙니다.”

“덕분에 큰 부상 없이 여기까지 왔네요.”

나는 고개를 끄덕였다. 그의 얼굴에는 상처가 하나도 없었다. 동안이라는 말보다, 고생이 없는 얼굴이라는 말이 더 맞았다.

그가 물었다.

“앞으로 뭐 하실 건가요?”

“잘 모르겠습니다.”

그는 잠시 침묵하다 말을 이었다.

"액션 배우로 활동하다 멜로를 하려니 갑자기 제 몸이 저한테 낯설어요."

낯설다는 말이 내 가슴에 남았다.

그가 자리에서 일어났다.

"건강하세요."

그가 악수를 청했다. 나는 그의 손을 잡았다. 부드러웠다. 너무 부드러워서 손을 빼고 싶었다. 그의 손에 비해 내 손은 딱딱한 것 같았다. 내 손에 박혀 있는 굳은살이 왠지 부끄러웠다.

집에 돌아와 욕실 거울을 봤다. 볼 옆에 작은 흉터 하나가 눈에 띄었다. 5년 전 유리창을 깨고 탈출하는 장면에서 파편이 스친 자국이다. 편집본에서 그 장면은 눈 깜짝할 새 지나갔다. 물론 내 얼굴은 한 프레임도 나오지 않았다. 하지만 이 흉터만은 남아 있었다.

나는 손끝으로 그 자리를 천천히 더듬었다. 거울에서 눈을 떼고, 방안을 걸었다. 그의 걸음걸이가 아니라, 내 걸음걸이로. 처음엔 어색했다. 오래 입고 있던 옷을 벗는 기분. 익숙한 그림자에서 빠져나오는 느낌.

소파에 앉았다. 그가 앉는 방식이 아니라, 내가 편한 방식으로. 오른쪽 무릎이 욱신거렸다. 3년 전 계단 신의 후유증이었다. 나는 손으로 무릎을 감쌌다. 이 통증은 누구의 몫일까. 이 통증과 함께 살아온 사람은, 그리고 앞으로 살아갈 사람은 나였다.

알겠다. 나는 삼십 년 동안 누군가의 몸을 대신 살아 줬고, 그 모든 장면 속에서 언제나 내 몫의 흔적이 남았다는 것을.

나는 소파에 더 깊이 기대며, 작게 숨을 내쉬었다. 비로소 내 장면이 시작될 순간이었다.

오랫동안 저는 '대역' 같은 자리에 서 있다고 느꼈습니다. 이야기를 썼지만 제 이름은 불리지 않았고, 무대는 늘 다른 이들의 것이었습니다. 〈대역〉은 그런 시간 속에서 태어난 이야기입니다.

화면에는 나오지 않지만, 모든 장면을 대신 살아 내는 사람에 대한 이야기, 끝내 박수는 받지 못해도, 몸에는 흔적이 남는 사람에 대한 이야기입니다.

희곡이 아닌 장르에서는 좀처럼 인정을 받지 못하며, 저는 제 자리가 어디인지 자주 묻게 되었습니다. 나는 지금 무엇을 대신 살아 내고 있는 걸까, 이 이야기는 과연 누구의 장면일까 하고요.

제1회 나무와 숲 작가상을 통해 처음으로 제 이야기가, 그리고 그 이야기를 써온 시간이 무대 중앙에서 조명을 받는 기분입니다.

이 상은 저에게 이제 더 잘해야 한다는 말보다, 지금까지 해

온 방식이 틀리지 않았다고 말해 주는 것처럼 느껴집니다. 제 이야기를 무대 위로 불러내 주신 심사위원분들께 깊이 감사드립니다.

앞으로도 저는 제 몸으로 겪은 감각과 제 시선으로 본 이야기를 쓰겠습니다. 이제, 제 장면을 쓰겠습니다.

고맙습니다.

▮ 서빈

극작가 겸 연출가, 영화 감독
2023년 제21회 김천국제가족연극제 작품상 수상
2026년 제1회 나무와숲 작가상 수상

감성의 언어로 펼쳐놓은 휴먼 스토리

젊은 작가 정신으로 꾸준히 자신의 길을
개척해 온 소설가 남명희 산문집

『시베리아 횡단 열차는 기다리지 않는다』

남명희 지음
392쪽
값 22,000원

남명희 휴먼 산문집 《시베리아 횡단 열차는 기다리지 않는다》는
기억마저 사라지는 순간. 조각난 기억들을 다시 모아 그 기억
속에서 지난날의 슬픔과 아픔과 그리움과 환희가 숨어 있는
인간미를 발현하여 엮은 책이기에 읽어가는 동안 내 생의 과거를
투영하게 하고, 진솔한 심정의 기록을 통하여 자성하는 시간을
갖게 하는 글들이었다.

_ 최의상 (시인)

한양도성,
문사철 순성놀이 Ⅰ

이진훈 지음 | 예다인 | 22,000원

역사를 걷고, 사유하며, 문학으로 기록하다.

한양도성은 단순한 성곽이 아니라
역사와 사상, 삶의 시간이 겹겹이 쌓인 공간이다.
이 책은 한양도성을 따라 걸으며 문(文)·사(史)·철(哲)의 시선으로 그 풍경을 다
시 읽는다.
순성(巡城)이라는 걷기의 행위를 통해 저자는 한양도성을 과거의 유물이 아닌
지금 여기의 사유 공간으로 되살린다.
사진과 기록, 인문적 성찰이 어우러진 이 여정은 도시와 인간, 시간의 관계를
차분하게 되묻는다.
한양도성을 걷는다는 것은 곧, 우리 자신을 돌아보는 일이다.

무크지『미니픽션』은
여러분의 도움으로 제작됩니다.

미니픽션 작품이
민들레 씨앗처럼 널리 날아갈 수 있도록
후원을 부탁드립니다.

정기구독 / 후원 계좌

구독료 : 1년 2만원, 2년 4만원, 3년 5만원

신한은행 110-210-310430 조데레사

※정기구독시 성함과 연락처, 주소를 메일로 보내주시면
책을 발송해드립니다.

한국미니픽션작가회 가입 및 문의 메일

minifiction@daum.net

한국미니픽션작가회 카페

https://cafe.daum.net/mini-fiction

※ 일반회원 작품방에 작품을 게재하시면
심사를 거쳐 다음 무크지에 싣습니다.

카페 접속 QR코드

틈을 지나는 바람

2026 미니픽션 Vol. 8

ⓒ 한국미니픽션작가회, 2026

초판 1쇄 발행 2026년 3월 30일

지은이   한국미니픽션작가회
발행인   임나라
편집장   정혜영
편집위원   노길용, 서빈, 이성우
주소   서울 마포구 월드컵북로 56 401호
이메일   minifiction@daum.net
카페   http://cafe.daum.net/mini-fiction

펴낸이   이기봉
편집   좋은땅 편집팀
펴낸곳   도서출판 좋은땅
주소   서울특별시 마포구 양화로12길 26 지월드빌딩 (서교동 395-7)
전화   02)374-8616~7
팩스   02)374-8614
이메일   gworldbook@naver.com
홈페이지   www.g-world.co.kr

ISBN   979-11-388-5612-6 (03810)